のんびりしたいのに……
住居や街の整備、農作物の栽培など大忙し!
The exiled reincarnated duke wanted to take it easy on the frontier and work the fields.
追放された転生公爵は、
辺境でのんびりと畑を耕したかった
～来るなというのに領民が沢山来るから
内政無双をすることに～
2

電気をおこすことに成功！
しかし、電気を溜める
バッテリー作りは前途多難!?
異世界転生者
ヨシュア・ルーデル
元サラリーマンから
公国を統治する公爵に転生。
魔法研究の第一人者
セコイア
魔法の扱いにたけ
特に精霊魔法が得意。

ヨシュアのメイド
エリーゼ(通称エリー)
真面目な性格で、実は怪力。
ペンギン
???

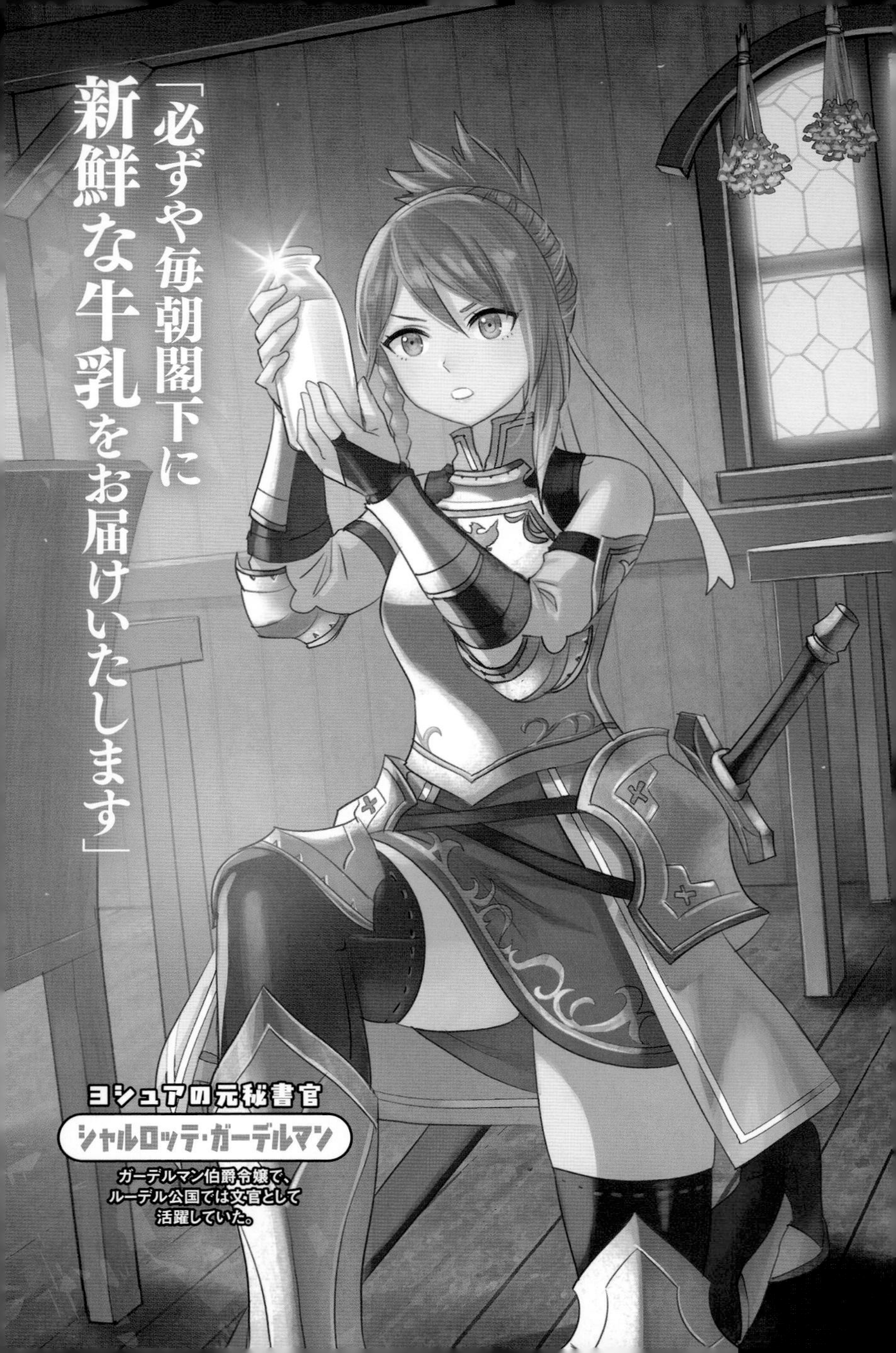
「必ずや毎朝閣下に
新鮮な牛乳をお届けいたします」
ヨシュアの元秘書官
シャルロッテ・ガーデルマン
ガーデルマン伯爵令嬢で、
ルーデル公国では文官として
活躍していた。

The exiled reincarnated duke wanted to take it easy
on the frontier and work the fields.

追放された転生公爵は辺境でのんびりと畑を耕したかった

～来るなというのに領民が沢山来るから内政無双をすることに～

2

著 うみ
ill. あんべよしろう

口絵・本文イラスト
あんべよしろう

装丁
木村デザイン・ラボ

CONTENTS

プロローグ　追放されてのんびり過ごすつもりが

「ルーデル公爵。『公爵は君臨すれども統治せず』を目指すとおっしゃっておりましたが、そのお考えに変わりはありませんか？」

と聖女に問われ、「政治を神の下《もと》に戻す」という名目でルーデル公国から追放刑を受けた。

前世ではハードワークが祟《たた》って過労死した経験から、今世こそは「のんびり暮らしたい」と願っていた俺にとって追放刑は願ってもない話だったのだ。

意気揚々と追放先の辺境に向かい、さあて「畑でも耕すか」と思ったところ――。

俺を慕っていた公国の領民たちが大挙して押し寄せてきてしまう。

彼らに公国へ帰ってもらおうにもそのような状況ではなく、受け入れることになった。

そのため俺たちは、辺境の地カンパーランドに街を作ることになったんだ。街の名前はオラクル。

とにかく領民を飢えさせないため、日に日に増える領民を統制し生活基盤を整えるためにあれやこれやと手を打った。

だけどまあ、辺境の地は辺境になるべくしてなったわけでさ。

なんと、生活必需品たる「燃焼石」と「魔石」が無いときたもんだ。

水車の動力で何とか鍛冶場《かじば》だけを稼働させたものの、資源問題は根が深く公国時代の暮らしなどまだ夢物語だった。

そんな折、周辺の探索をしていたところ、稲妻をビリビリと発することのできる猛獣「雷獣」と出会う。

雷獣の協力を得て、磁石を作製しついには電気を作り出すことに成功したんだ。

しかし電気はあれども、電気を有効に使う手段がまだない。

一方、街では急速に住居の建築が進み、農地の開拓が行われていた。

街を発展させるべく、一大工事の計画も進める中、発電設備についても熱い議論を交わしていたのだが……。

仕事があり過ぎて、またしても寝落ちしてしまう日々であった。

いつ俺に安眠できる日がやってくるのだろうか……頼む、早く休ませて。

第一章　街の象徴

——翌朝。

昨晩も発電設備の噂《うわさ》を聞きつけたトーレの襲撃を受けたが、夜が更《ふ》ける前に熱い議論は解散となった。

俺も彼に直接説明したいことがあったから、ちょうどよかったといえばそうなんだけど、彼が来るのを見越していたのかセコイアも書斎に陣取っていてさ。

結局三人で議論を交わしたんだ。

この議論はとても有意義だった。いやあ、魔法ってすげえな。科学じゃ大変なこともぱぱっとやってしまう。

俺は全《すべ》てを科学技術で何とかしようなんて思っていない。

魔法の方が余程便利で、場所もとらない上に材料も要らないときたもんだ。

しかし、魔法は個人の技術に依《よ》る。一方で科学は製品ができれば誰《だれ》にでも扱える。これが違いだな。

どっちもいいところがあるので、うまく組み合わせて快適な生活を実現したい。

そんなわけで、朝の定例会にてルンベルクには街の建築における陣頭指揮。バルトロには街の警備。エリーには農業をはじめ、その他の連絡係を任せた。

広場の計画も引き続き、アルルとエリーで進めるよう申し伝える。

鍛冶場周辺の護衛は必要ない。そこには野生児セコイアが陣取る予定だからな。

彼女にはトーレ、ガラムと共に発電設備のことを任せている。昨日《きのう》の議論の結果、彼女にも発電設備プロジェクトに当初から参加してもらうことになったんだ。

本人はもう鼻息荒く乗り気も乗り気、「参加させねば殴る」くらいの勢いだったから問題なし。

俺？　俺はアルルを護衛に街の様子の観察、その後、森の探索に向かうつもりだ。


屋敷を出たところで、並んで歩くアルルに目を向ける。

「まずは、大広場まで向かおうか」

「はい！」

アルルは猫耳をピンと立てて勢いよく右腕をビシッと上にあげた。

尻尾《しっぽ》がパタパタしており、彼女のご機嫌さを示している。

「えらくご機嫌だな。探索に行くからかな？」

「それも。あります。だけど……」

ハッとしたようにアルルが両手で口を塞《ふさ》ぐ。

ブルブルと首を振り、尻尾がしゅんとなった。

「どうした？　あ、心配しなくても、俺とアルルだけで行こうなんて思ってないからな。バルトロのところから一人護衛に頼む予定だ」

「お口、チャック。ダメ。絶対」

「ん？」

「チャック」

「お。おう」

何のことか分からないけど、探索の危険性を憂えていたわけじゃあなさそうだ。

だったら、あの「しゅん」は何が原因だったんだろうか。

お口にチャックなアルルへ無理に聞くのもなあ。必要があれば、彼女から言ってくるだろう。

◇◇◇

うお。大広場に行ってビックリした。

僅《わず》か二日？　で建造物ができているじゃあないか。

中央に石のブロックを円形に敷き、真っ白な台座ができている。

といっても、仮組だろうからまだ単に「置いただけ」の状態だ。なるほどな。噴水広場みたくしようとしていたのか。

台座の上には女神像か何かが立っているのかな？　白い布が被《かぶ》せてあってまだ作業途中だと示し

ている。

台座の横にはメイド姿のエリーが無表情に佇《たたず》んでいた。

しかし、俺の姿を認めると口元に僅かな微笑《ほほえ》みを浮かべ、すっと会釈をする。

「エリー。こんなところに一人でどうしたんだ？」

「領民の皆さまからのご要望をここで受けております」

「お、悪くない手だな。ここは居住区、農業地区、商業地区、全ての道に繋《つな》がっているからな」

「はい。それに、ヨシュア様から拝命しました、『街の象徴の件』もございましたし」

「ここは噴水にするつもりなのかな」

「はい。水をたたえ、街の中央大広場として相応《ふさわ》しいものを、と愚考いたしました。トーレ様とアルルにも積極的に協力していただきました」

「おお。トーレも、既に仕事を？」

「はい。トーレ様の素晴らしい腕を拝見し、心が躍りました。まさに完璧《かんぺき》、でございます！」

エリーは頬《ほお》を朱に染め、ほおと熱い吐息を吐く。

一方でアルルは未《いま》だ両手を口に当て、何も言うまいと態度で示していた。

「トーレにもなるべくここに足を運ぶように言っておく」

「その必要はございません。もう完成しております。完全に完璧に、美麗で、美しく。陶酔してしまいそうなほど」

「お、おう」

同じ意味の言葉が重なっちゃっているよ。

だ、大丈夫かな。エリー。

あっちの世界にいっちゃっているような感じだけど……。

「ヨシュア様がいらっしゃるまでお待ちしておりました。お見せいたします。オラクルの象徴を」

「お見せします」

エリーの言葉にアルルが続き、二人は台座から垂れる布を左右から引っ張る。

ふわさ。

白い布がふわりと揺れ、一息に布が取り払われた。

中から出てきたのは、白亜の石像だ。

ミスリル製のノミを利用したのだろう。これだけの短期間でよくもまあここまでの一品を完成させたものだ。

流麗で華麗。滑らかな曲線と真っ直《まっす》ぐな直線のどちらも素晴らしい。

うん。石像に注ぎ込まれた匠《たくみ》の技は確かに比類無きものだと思うよ。

古代ローマのトーガにも似た布を巻いた男性像。

小柄で肩からかかった布の隙間《すきま》から見える肉体は弱々しい。

およそ男らしさを感じない顔に華奢《きゃしゃ》な肩まわり……。


俺かよ！

これ、俺かよおおお。

「あ、ううう。ぐうう」

「オラクルの象徴といえば、ヨシュア様その人以外ございましょうか！　いえ、ございません。神の像？　そのようなものよりヨシュア様です。ヨシュア様がオラクルの象徴にして、始まり。ヨシュア様があってこそ――」

興奮したエリーの演説が続いているが、右から左に俺の頭の中を抜けていく。

「せ、せめて、もう少し盛るとかなかったのか……筋肉質にして欲しかった……」

「ありのままのヨシュア様が一番お美しいのです。尊いのです。広場を訪れる者は皆、ヨシュア様の像に感謝を示し、祈りを捧《ささ》げることでしょう」

「……」

絶句した。

マジでこいつは何とかしねえと。

サラサラと砂となり崩れそうに真っ白けになる俺であった。

そんな俺に人差し指を立てたアルルがにこーっとして声をかけてくる。

「お口チャック。おしまい。ヨシュア様？」

「う、うん……このことを黙っていたんだな」

「はい！　アルル。ちゃんと、黙っていたよ。エリー」

「ヨシュア様のご様子を拝見いたしますと、明らかです。ありがとう、アルル」

エリーとアルルが仲良さそうに手を取り合う微笑ましい姿にも、今の俺には乾いた笑い声しか出ない。

「い、行こうか。アルル。住宅の様子を見に」

「はい！」

アルルは満面の笑みで右腕をピシッと上にあげる。

足どり重く、住宅地に向かう俺とスキップを踏んで進むアルル。

このことはしばらく忘れよう。

そう誓う俺であった。

◇◇◇

住宅区画予定地では、多くの領民が汗水をたらして働いている。

集まった領民たちは、どの作業をしている人もこの辺りで野宿していた。

指示を出していないけど、ちゃんと井戸も掘っているし、持ってきた食糧をみなで配給しているようだ。

それに加え、採集チームもいつの間にか編成されていたらしく、俺の伝えた食べられる果実と野菜、芋を確保しているとのこと。

採集チームのことは、ちょうど警備に通りかかったルンベルクから聞いた。

彼は「お伝えするのが遅くなり……」とか恐縮していたが、この調子で進めてくれと彼に伝える。

何でもかんでも俺が処理するわけにはいかないからな。生活の細かい部分は領民に自主的にやってもらわないと立ち行かない。

わざわざ言ってはいなかったけど、ちゃんと食べられるものも領民にまで浸透しているようで万々歳だ。

飢えぬために、初日からいろんなものを採取してもらったのだから。

ううむ。みんなが忙《せわ》しなく動いている中、呼び止めるのは気が引ける。

このまま、立ち去ろうかと思った時、よく日に焼けた褐色肌の男と目が合う。

男は大工たちに指示を出していたみたいだけど、年配の大工に何やら囁《ささや》き、俺に向け深く頭を下げる。

あの男は確か先日会ったポールだったかな。大工を代表して俺に状況を説明してくれた人だ。

「ヨシュア様！」

全力疾走で俺の元に駆け寄ってきたポールは、息を切らせて俺の名を呼ぶ。

「すまん。手を止めさせちゃったみたいで」

「いえいえ。そのようなことはございません。ヨシュア様が視察に来られるだけで、全員の気合が入っておりますよ！」

そんな白い歯を見せて嬉《うれ》しそうにググッと拳《こぶし》を握りしめられても、どう返せばいいのか迷う。

「急ぎ建築をしてくれていて、ありがとう。だけど、くれぐれも安全に気を付けて欲しい。休息もきちんととるように」

「慈悲深きお言葉、痛み入ります。『休め』などおっしゃるお貴族様なんて、ヨシュア様くらいのものです」

「何も優しさからだけで言っているわけじゃないんだ。ずっと働き続けるよりも、休息を入れた方が結果的に早い。休息無しでは持続的な労働は望めない」

「その聡明《そうめい》なお考えができるお方はなかなかいらっしゃらないのです。我らとて、一刻も早く住処《すみか》を完成させたいと思い、休みなしで腕を振るおうとしてしまうくらいなのですから」

「ちゃんと交替で休みを取れているのか？」

「はい。ヨシュア様のご意思は、エリー様を通じて伝わっております。お任せください！」

「それなら安心したよ」

過労で倒れられでもしたら事だ。

ただでさえ、落ち着いて寝泊まりできるところがない。必要以上の休息を取らないとすぐにバテてしまうぞ。

「そうだ。家族向けの住宅を作っているように見えるのだけど、『インスラ』も建築するつもりなのかな？」

「はい。ヨシュア様肝入りの『インスラ』は、もちろん建築予定です」

「お、おう。あれは別に俺が考えたものじゃあない、元からインスラに似た建物はあったんだ」

「そうだったのですか！　ですが、お任せください。インスラは街道沿いにズラッと建築する予定です」

インスラとは古代ローマで建築されていた多層式のアパートのことだ。

三〜四階建てで、一階は店舗として利用し二階より上は居住区となる。一人か二人暮らし用に部屋が区切られていて、アパートの原型となったものである。

多くは石かレンガ造りであるけど、基礎部分にさえ石を使えば強度に問題がないことが分かっている。

今回は住宅地に建てるので、一階部分も居住用になると思う。

公国にも多層階建築の技術はあり、俺がこの世界に転生した時から五階建ての建物は存在した。

じゃあ俺が何をやったのかというと、「規格の統一」だ。

公都ローゼンハイムの区画を再編成するにあたって、インスラというアパートの規格を作った。

規格を統一することで、資材の準備が効率化され無駄に廃棄される資材の量もぐんと減ったんだ。

加え、整然と立ち並ぶインスラは外観的にも統一感が出て、かつ、建物と建物の間にある「死角の道」を激減させた。

視界が良好になることで、警備もしやすくなり犯罪率も減ったってわけだ。

ここオラクルの街は何もないところから街をつくる。

だから、最初に道を敷き、それに沿って建物を建築していく。完成したらきっちりと区画に分かれた街になる予定である。

三番通りの五番区、みたいに伝達するだけでどこの場所か分かるようになるって寸法だ。

「建材集めも含め、大変だろうけど頼んだぞ」

「はい！　お任せください」

力強く応じるポールに対しにこやかな笑みを向ける。

その時、何やら向こうの方が騒がしくなっている姿が見えた。

問題発生か？

いや、こいつは……歓声だ。

「ヨシュア様の像が大広場に！」

「ヨシュア様！　毎朝、お祈りさせていただきます！」

「辺境伯様万歳！」

うわちゃあ。聞こえてしまった。

そっと、アルルの手を掴《つか》みグイッと引っ張る。

「ヨシュア様？」

「行こう。アルル。迅速に、今すぐに」

「はい！」

何も分かっていないアルルは、元気よく右腕をあげるのだった。

◇◇◇

開墾は順調。開墾が済んだところから種植えを行っていた。

まだ主食のキャッサバ中心だけど、これから別の種類も植えていく予定だ。

キャッサバなら今のままでも何とかなるけど、他の作物もとなったらやはり灌漑《かんがい》が必要になってくる。

上下水道の整備の際に水路も作って、農地に水が供給できるようにするつもりだけど……やっぱりインフラの整備は早い方がいいな。

必要最小限の食糧を確保できる見込みがたったら、住宅を建築しているチームと合わせて全戦力を大工事に投入すべきかもしれない。

安全を確保すべき城壁も重要なインフラだけど、こちらは優先順位が落ちる。

現状、ルンベルクに街の警備を行ってもらっているがそれで事足りているから。だが、まだ安心しきってはいけない。

外敵監視の強化のために、物見櫓《やぐら》くらいは先に作っておきたいな。

「ヨシュア様、こちらに」

「ありがとう。乗せてもらって悪いな」

「いえいえ、戻りは積荷もありませんし。ヨシュア様にお乗り頂けたのでしたら、誰《だれ》しもがこの筏《いかだ》に乗りたがるでしょう！」

そうそう、俺は予定を変更してルビコン川のほとりまで来ている。

視察が終わった後は探索に行くために護衛を出してもらえないかルンベルクを訪ねたんだ。

すると、ちょうどそこに別の護衛依頼が入ってさ。

なんだったかというと、「ガラスが心許《こころもと》なくなってきた」とのことだった。

それで、先日発見したガラス砂があるルビコン川の向こう岸へということになり、護衛を含む領民と共にここまでやってきたというわけだ。

ここなら護衛もいるし、万が一の時は鍛冶《かじ》場にセコイアも控えている。

向こう岸にはガラス砂を運ぶために筏が準備されていて、俺はそいつに乗せてもらった。

いずれ見に行こうと思っていたエリアだったので丁度いい。

これだけ人手もいれば、何かあったらすぐに気が付くし、安全が確保されたこの機会を逃す手はなかった。

筏に乗り込むと、水中から延びる水車の軸が目に留まる。

「うお、もう水車の追加が完了したのか……」

「水車が二つ。ですね。ヨシュア様」

岸辺に完成済みの水車が置いてあるのも確認できた……ちょっと早すぎねえかこれ。

あ、そうか。水車は一基目を作製する時に、俺が二、三基欲しいと言ったから事前に準備されていたのかもしれない。

この分だと発電実験は近く……ひょっとしたら明日にでも実施できそうだ。


筏を降りたところで、アルルと二人並んで木々の中をてくてくと散歩することにした。

木の密度もそれほど高くなく、視界も悪くない。

これなら、危険なモンスターが出たとしても誰かしら気が付く。

何か新しい発見はないかなあ。

木の根元にどぎつい蛍光パープルに蛍光グリーンのまだら模様があるキノコを発見した。

「ヨシュア様？」

「あの色。ちょっとキテルなと思ってさ」

「可愛《かわい》い、かも」

「いやいや。一応チェックしておこうか」

キノコの前でしゃがんで手を伸ばそうとしたアルルの腕を掴む。

ひょっとしたら表面に毒があるかもしれないから、不用意に触らぬ方がいい。

「鑑定をするから少し待ってな」

「はい！」

さてと、アルルの隣に両膝《りょうひざ》を立てキノコに手をかざす。

『名前：パープルボルチーニ
概要：食べると痺《しび》れる。染料として抽出することも可能。
育て方：人の手による育成は難しい
詳細：麻痺《まひ》毒に注意。触れる分には問題ない』

「アルル。触れても大丈夫だ。せっかくだから持って帰ろうか」

「うん！」

アルルが指先をちょいっと振るうと、キノコが根元からスパッと切れた。

そういや葦《あし》を切った時もこんな感じでスパスパやっていたな。一体どういう仕組みなんだろ？

「とっていいですか？」

「うん。それ、爪でやっているの？」

「あ、う、うん？」

「爪って猫みたいに出し入れできるのかな？」

「う、うん？」

ささっと手持ちの小袋にキノコを入れるアルル。

爪は見えなかったけど、彼女の様子からして爪を出してスパンとやったのかな？

動揺からか猫耳が小刻みに動いているし。

「あ、そうだ。アルル。俺は何もここへ遊びに来たってわけじゃあないいんだ」

「キノコ。採ったよ」

彼女の気分を変えようと違う話題を振ってみたが、アルルはまだキノコに夢中だった。

だけど、声をかけたことで彼女の猫耳も落ち着きを取り戻したように見える。

「生活を便利にする素材を探しにきたんだよ。食糧もあれば、サンプルとして持って帰るつもりだけど二の次だ」

アルルはコクコクと頷《うなず》きを返す。

立ち上がった彼女は人差し指を顔の前に出し、にいいっと口角を上げる。

「探そう！　ヨシュア様！」

「あるかどうかは分からない。だけど、俺が直接出向くことで、植物に関しては見分けることが可能だ。あればいいんだけどなあ」

スツーカのような有用な素材を探したい。

スツーカは絶縁体としてだけでなく、紙の原料にもなる優秀な低木だ。

例えば、前々から探したいと思っているトーレが使っていたカエルの表皮に代わるようなゴム素材とか、パーム油のような植物性油脂なんてものもいいな。

「んー。あ、先に確率の高いものから見ておこうか」

ポンと手を叩《たた》き、片っ端から自生している樹木を鑑定していく。

あった。あった。

ついでに思ってもみなかったものも発見したぞ。

まず一つ目。

地面に転がる松ぼっくりを拾い上げ、アルルにぽーんと投げる。

彼女は見事に片手でキャッチし、俺に投げ返してきた。


ころころ。

うん、キャッチできなかったんだ。いやまあ、それはいい。

「アルル。こいつは松科の木だ。こいつの樹脂——松脂《まつやに》を蒸留することによってテレピン油を得ることができる」

「てれぴんぴん?」

「ぴんぴんじゃなくて、テレピンな。加工することでニスにしたりと木製品を作る時に便利だ」

松脂は俺が言わずともそのうち領民の誰かが採取し、テレピン油を作ることだろう。

漆とかも探せばあるかも。

漆は漆で使いどころはいろいろある。周辺地域をくまなく探せば発見できるかもしれない。

だけど、こっちは植物鑑定スキルがないと発見が困難じゃあないかな。

二つ目行くぞ。

懐からナイフを取り出し、灰色がかった薄い茶色の樹皮を持つ木の幹にサクッと傷をつける。

よしよし、「植物鑑定」が示した通り、切り口から樹液が溢《あふ》れ出してきたぞ。

樹液を指ですくい、口元に寄せようと……アルルがじーっと俺の指先を見つめたまま目を離さない。

「先に舐《な》めてみる？　ちゃんと鑑定しているから大丈夫だ」

「いいの⁉」

「うん。せっかくだし、先にアルルから試してみて」

「はい」

「うお」

お約束というか何というか、アルルが背伸びして俺の指先をペロリと舐める。

彼女の舌は人間と異なりザラザラしていた。

ともかく、樹液を舐めた彼女の頬《ほお》が桜色に染まり目じりがこれでもかと下がっている。

「甘いです！」

「俺も試してみるか。お、おお。甘いな。うん」

こんな木があるなんて思ってもみなかった。

灰色がかった樹皮と細い幾重にも分かれた葉を持つこの木の名前は「カンパーランドカエデ」というらしい。

植物鑑定の説明文から推測するに、地球のメープルカエデに似た樹木だと分かった。

つまり、メープルシロップに似た甘い樹液が取れるってことなんだ。

「ヨシュア様。これ、名前があるのですか？」

「そうだな。この樹液……カンパーランドシロップとでもしようか。木の特徴を教えて、植樹しつつ育つまでは天然のカンパーランドカエデから樹液を採取するように伝えるか」

「はい！　楽しみです！」

「よっし、もう少し何かないか探してみようか」

「おー」と二人揃《そろ》って拳《こぶし》を突き上げ、再び探索を開始する。

ところが、一歩進んだところで、のろのろと動く巨大カタツムリと遭遇した。

そういやこの辺りは巨大カタツムリの生息地だったか。ルンベルクも何度か見たと報告していたな。

これだけ巨大な殻を持つってことは、周辺に石灰質の何かがあるのかもしれない。

石灰はいくらあっても困らないし、カタツムリの殻を砕いて使うのもよいな。

「大きい」

「だよな。この前、あのカタツムリをぺしーんとしたペンギンを見たんだけど、いないのかな」

「ペンギン？」

「こうずんぐりして、鳥のように嘴《くちばし》があるんだけど肌がすべすべしていて飛べないんだ」

「ヨシュア様。黒板にかいてた？」

「そうそれそれ」

合点がいったのかぺちんと両手を合わせたアルルが耳をぴこぴこさせた。

この後、何かないかーと鑑定を繰り返し、いくつかの食用キノコと野草を発見する。

しかし、ゴムをはじめとした素材を発見することはできなかった。

数時間探索したくらいで発見できるものでもないかあ……。

ちょうど、ガラス砂の搬送も終わる頃《ころ》だったので筏《いかだ》に乗せてもらい、鍛冶場の前まで戻って来る。

せっかくだから鍛冶場に挨拶《あいさつ》をしてから、屋敷に帰還するかと思って窓ガラスの入っていない窓をチラリと覗《のぞ》き込む。

中にいたのは、ガラム、トーレと彼らの弟子二人に加えセコイアだった。

しかし、あ、なんかもう、目が血走ってらっしゃる。一人じゃなく全員の。

こいつは触れない方がよさそうだな……。

見なかったことにして、アルルと共に帰路につく俺なのであった。

閑話一　庭師バルトロ

――バルトロ。

ヨシュアとの散歩を終えたバルトロは、豹頭《ひょう》のガルーガと共にオラクルの中央大通りに向かっていた。

街の中央大広場（予定地）から住宅地区と反対側に建築予定の商業地区にあたる場所には、馬車が数台並べられている。

まだ家屋はないものの、この場所は街の警備を司《つかさど》る詰め所となる予定だった。

夜になると屈強な男たちが集合するこの場所も、今は執事服の壮年の男だけが穏やかな表情で立っているのみ。

一見すると、給仕係が留守番をしているように思える。

しかし、少しでも戦闘の心得があるものが見れば、思うところは正反対になるのだ。

隙が無い――。

元Sランク冒険者であるガルーガも執事服の男――ルンベルクの凄《すご》みを感じ取れる一人だった。

しかし、彼の隣にいるバルトロは無精ひげに手を当てまるで気にした様子もない。

「よお。ルンベルクの旦那《だんな》」

「首尾はいかがでしたか？」

「問題ねえ。いやあ、何をするつもりなのかはてんで分かんねえが、すげえことをやろうとしているってのは分かったぜ」

「ヨシュア様の為《な》されることです。どれほどのことか想像も及びません」

「だよなあ。次は何が起こるのか楽しみだぜ」

「変わりませんね。あなたは」

「旦那もそうじゃねえか。昔からずっと堅物で」

「あなたこそ。掴《つか》みどころのないところは庭師として勤め人になった今でも、冒険者時代と変わりありませんね」

「こう見えて、内面はかなり変わってんだぜ、俺は。根無しの昔とは違う。ヨシュア様に対する気持ちは旦那にも負けてねえつもりだぜ」

「私とて」

白熱するヨシュア論であったが、ガルーガには一つ聞き逃せないことがあるようだった。

彼は二人に尋ねようと手をあげようとして降ろし、を数度繰り返す。

聞いていいものだろうか、という思いが彼の脳裏をよぎったからだ。

「ガルーガさん、お聞きになりたいことがおありですか？」

「ん？　すまん、ガルーガ。俺たちゃ同志。気になることがあるなら何でも聞いてくれ。ヨシュア様もそう言っているしな」

ルンベルクとバルトロの二人はほぼ同時にガルーガの様子に気が付く。

二人に「遠慮なく」と言われたガルーガだったが、それでも尚《なお》、戸惑う。

もし、バルトロが過去に冒険者だったとしたら、過去のことを尋ねるのはタブーだからだ。

国外から流れて来た者であろうが、登録さえすれば誰《だれ》でも冒険者になることができる。

登録したからといって、生活が成り立つわけではないが、誰しもがスタート地点に立つことができるのだ。

命を落とす可能性も高い危険な職業であるが、冒険者は来る者を拒まない。

それ故、冒険者は脛《すね》に傷を持つ者もちらほらいる。

だからこそ、自然と自分から語らぬ限り、冒険者同士は過去のことを詮索《せんさく》しない暗黙のルールがあった。

「お、そういうことか」

ガルーガの様子から察したバルトロが、困ったように後ろ頭をぼりぼりとかきむしる。

「別に隠していたわけじゃねえんだ。ただヨシュア様の耳に届いたとして、ヨシュア様が『自分のために冒険者をやめた』なんて思ってしまわれたら、本意じゃねえからさ」

「バルトロも元冒険者だったのか」

「おう。引退したのは随分前だけどな。名を変え、庭師としてヨシュア様のところに寄せてもらってるってわけだ」

「元の名を、いや、バルトロはバルトロだな」

ガルーガはヨシュアに言われた言葉を自然と思い出していた。

『形式や言葉遣いを変えたからといって何が変わる？　俺はガルーガがどのような喋《しゃべ》り方をしたからといっても、君を見る目は変わらない。なぜならガルーガという本質は変わらないのだから』

バルトロの過去に興味がないと言えば嘘《うそ》になる。だが、オレもバルトロも元とはいえ、冒険者。冒険者ならば冒険者の流儀に従うのがよいだろう。

バルトロはバルトロ。それは変わらない。

彼がそう名乗ったのだから、それでいいと彼は思った。

「ん、黙っててくれよ。冒険者時代の俺は『グデーリアン』。ルンベルクは俺の持つギフトに興味を持って、誘ってくれたってわけさ」

「グ、グデーリアン。お、お前があの……最も若きトリプルクラウン……」

名を聞いたガルーガは開いた口が塞《ふさ》がらない。

グデーリアン。数年前からとんと名前を聞かなくなった伝説の冒険者。

彼は十代にして冒険者最高位ランクSSS《トリプルクラウン》にまで上りつめた。

単独で龍さえ仕留めたという噂《うわさ》まである。

「過去の話だ。今はただの庭師『バルトロ』さ。旦那に誘われた時は本当にびっくりしたぜ。だけど、ヨシュア様に会って、俺も力になれるのならってさ。お前さんも分かってくれるだろ？」

「分かるとも！　ヨシュア殿に直接お仕えできる栄光……何事にも代えがたい」

「そういうこった」

気恥ずかしいのか、バルトロはそっぽを向いて無精ひげを撫《な》でた。

「しかし、トリプルクラウンが庭師をしているのなら、賊が押し入ろうが安全だな」

「そっちはどっちかってっと旦那が得意だな。俺が買われたのはギフト『超直感』だからさ」

「ルンベルク殿はそれほどまでに……」

この穏やかな紳士がバルトロにそこまで言わせるとは……。

いや、ガルーガとてルンベルクの立ち振る舞いから相当な実力者だと感じ取っていた。

しかし、それでもトリプルクラウンに及ぶものではないとの認識だったのだが。

「何をおっしゃいますか。バルトロは魔物担当。私は対人担当。それぞれ分野が異なるだけです」

「いけしゃあしゃあと。ほんとに」

会話に割って入ってきたルンベルクに対しバルトロが苦笑する。

「屋敷の外で何かあれば、俺が感じ取れる。そのための『超直感』だからな。虫の知らせってやつだ」

「外?」

ガルーガに向け片目をパチリとつぶりおどけてみせるバルトロ。

「おう。そうだ。中は……おっと」

「詮索はしない。聞かせてくれて感謝する。バルトロ」

「いいってことよ。また酒でも飲みながら冒険者時代の話に花でも咲かせようぜ」

「是非」

笑い合い、二人がお互いの手のひらを叩《たた》き合う。

「夕暮れまでまだ少し時間があります。あなた方二人は、このままここで待機でお願いします」

「あいよ」

「分かった」

生き方もまるで異なる三者だったが、彼らの思いが向かう先は同じだった。

第二章　意外過ぎる訪問者

――翌朝。

朝日と共に狐耳《きつね》の野生児ことセコイアが屋敷を訪ねてきて、ルンベルクが部屋に彼女を入れるものだから朝っぱらから会うことになってしまった。

「だが断る」

寝惚《ねぼ》け眼を擦《こす》りつつにんまりとしたセコイアを一瞥《いちべつ》し、ふああとあくびを一つ。

そのまま、再びベッドにゴロンと寝転がり、布団をかぶる。

すると、予想通りというか何というかセコイアが布団の上から俺に覆いかぶさってきた。

布団の中に入ってこなかっただけマシだと思うことにして、寝る。

ぐっすりと寝るのだ。

まだ朝食には早いからな。うん。

「朝から美少女が部屋に訪ねてきたというに、何じゃその態度は」

「すやー」

「寝ておる者が『すやー』なんぞ言わんわ」

「すやー」

「そうかそうか。ボクにそのような態度をとるのじゃな。仕方あるまい」

セコイアがむんずと布団を掴み、一息に放り投げる。

「きゃー」

「全く……せっかくキミが喜ぶと思い、できたばかりのこいつを持ってきたというのに」

「できた？」

「うむ。こいつじゃ」

布団をはぎ取られても尚も眠ろうとしていた俺に対し、セコイアがゴソゴソと懐から何かを取り出す。

そいつはガラス製品で、彼女は小さな手のひらにそれを載せた。

こいつは、裸電球じゃないか！

もう完成していたとは。

「すげえ。一気に目が覚めたよ」

「どうじゃ。ちゃんと中は空気を抜いておるのじゃぞ」

「真空の問題を一瞬にして解決してしまったんだよな。魔法ってズルい」

「キミから説明を受けた時は目から鱗《うろこ》じゃったぞ」

ガラムたち三人に建設を頼んでいるのは発電設備だ。

そこで、発電しているかどうか確かめるのに、分かりやすく心を動かされそうな品物として考えたのは、電球だった。

だけど、電球は単純に見えて実のところ、なかなか製作が困難だと思っていたんだ。

電球のガラス部分と軸に関しては、熟練の技を持つガラムたちにとっては容易《たやす》い。

しかし問題は、ガラスの中である。

電気をフィラメントに通すと、光と共に発熱してしまう。

熱を発した結果どうなるのかというと、答えは単純で発火する。つまり、燃えて光るどころじゃなくなってしまうのだ。

じゃあどうするのかというと、燃える素《もと》を無くしてしまえばいい。物が燃えるのは酸素があるからで、電球の中から酸素を取り除けばどんだけ熱があがろうが燃えることがなくなる。

要は電球の中を真空にすればよいってわけだ。

言うのは簡単だけど、電球を密封した後どうやって空気を抜くのか考えなければならなかった。だけど、そこを窒息の魔法とやらであっさりと解決したのがセコイアである。

「えげつない魔法を使うセコイアの方が驚きだったよ……」

遠い目をしてはあとため息をつく。

「何を言うか。窒息の魔法は獲物を傷つけずに狩ることができるのじゃぞ。無傷で毛皮が手に入るなかなか便利な魔法なのじゃ」

「それをえげつないって……まあ、生きてきた道が違うんだ。それはもういいか」

「うむ。ボクが気になっておるところは別にある。空気を抜けば燃えない。そこは理解した。じゃが、熱は発生するのじゃろう？」

「うん。そこはうまくいってから種明かしするよ。うまくいったらね」

「ふむ。楽しみにしておくとするかの」

セコイアの疑問はフィラメントに向いている。

いくら燃えないといっても、フィラメントが熱に耐えきることができなければ、溶けてしまうからな。

俺のいた時代の日本では電球のフィラメントといえば、タングステンが使われていた。

だが、ここにタングステンはない。俺の知らぬ特性を持つ魔法金属の利用も考えた。もし、これがうまくいかなければ魔法金属も試したいと思う。

この素材がタングステンほどの耐熱性があるかは分からないけど、うまくいけばいいな……。

ん？

セコイアがあぐらをかく俺の膝《ひざ》の上にぺたんと座って、肩をぐいぐいと揺すってくる。

寝起きにこのグラグラは辛《つら》いんだが……。

「ど、どうした……」

「はよ。行くぞ」

「鍛冶場《かじ》に？」

「うむ。トーレとガラムも朝日が出る頃《ころ》には出ると言っておったからの」

「いや、そんな急いでも」

「何を言うておる。案を練ったのはキミじゃろうて。キミがおらんでどうする？」

「もう発電施設が完成したのか？」

「もちろんじゃ。じゃから、はよと言っておる」

「お、おう」

もうすぐ完成しそうと思ってはいたけど、既に完成していたとは……。

鍛冶場の時もそうだが、彼らの仕事は早すぎる！

このスピードで精密に繊細に仕上げてくるんだから、ある種の恐ろしさを感じるよ。

「黄昏《たそがれ》ておる場合じゃないのじゃ。ほれ」

「だああ。俺を持ち上げるんじゃねえ！」

「軽いのお。ちゃんと食べておるか？」

「ほっとけえ。幼女に片手で持ち上げられるシーンなんて見たくもないし、されたくもない。降ろしてくれ。すぐに準備するから」

「仕方ないのお。このまま運んで行ってやろうと思ったのじゃが」

「本気でやめてくれ！」

なんちゅうことを言いよるんだ。

ようやくベッドに放り出された俺は、ふーふーとセコイアを威嚇しつつ、クローゼットを開く。

とっとと着替えないと、また持ち上げられるかもしれないからな……急ぐべし。

◇◇◇

お尻《しり》を押されながら屋敷の廊下を進んでいる時、幸いにもルンベルクに出会うことができた。

歩みを止められぬまま、彼に「街のことを四人で頼む」とだけ何とか言い残し、屋敷を出て馬に乗る。

「全く、焦り過ぎだって。喉《のど》も渇いているし飲み物くらい飲みたかったよ」

「着いたらいくらでも水があるじゃろう」

「それ、川だろ！」

「うむ。たんまりと飲むがよい」

「……この際、川の水でもいいや」

「生水はキミの貧弱な体に余り良くない。煮沸するがよいぞ」

「……」

そこまで心配してくれるなら、水分くらいとらせてくれよ。

脱水になったらどうするんだ。自慢じゃあないが、俺は貧弱だぞ。

なんてふざけあっているうちに、鍛冶場が見えてきた。

「うは。みんな外に出て並んでいるじゃないか」

「あやつらも待ちきれんかったのじゃのお」

鍛冶場の軒先にガラムとトーレだけでなく、彼らの弟子まで勢ぞろいしているじゃないか。

ちょっと気合が入り過ぎじゃないですかね。これで、大失敗だったらどうしよう……。

いや、たとえ失敗だったとしても、彼らのことだ。更なる熱意をもって俺に迫って来るに違いない。

「失敗を恐れず、突き進め、次は何をするんだ？」とね。

彼らの前向きさには公国時代も随分と救われたものだ。彼らと出会えて本当によかったと思っている。

ちょっと、熱心過ぎるのが玉に瑕《きず》だけど……。


そんなこんなで鍛冶場前に到着した。

ルビコン川では水車が二基くるくると回っている。一基がふいごを吹かす鍛冶用でもう一基が磁石を回す発電用だ。

水車の様子に感動する間もなく、セコイアにお尻を押され鍛冶場の中に。

先に家屋の中に入っていたガラムたちが発電施設の前に陣取っていた。

鍛冶の炉と反対側に設置されたそれは、大きな装置ではない。

ガルーガに持ってもらった時から半分の長さになった磁石を中央にして、左右にコイルが据え付けられていた。

磁石は中央に軸が取り付けられて、水車の力を利用して回転する仕組みだ。

今は水車の力を伝える向きが変えられているようで、磁石は回転していない。

「ほれ、こいつが銅線の先じゃ」

ガラムが銅線の端を二本、俺に握らせる。

電気が供給されていなかったからよいものの、先端に触れたら感電してしまうぞ。

いや、でも、仕方ないか。彼らは電気を知らない。これから知ってもらうのだからな。

「セコイア。電球を」

「うむ」

銅線の端を電球に取りつけ、こちらの準備は完了だ。

目でガラムに合図すると、彼はうむと頷《うなず》きを返し弟子に指示を出す。

ガコンガコンガコン――。

水車のギアが唸《うな》る音がして、磁石がくるくると回転を始めた。

さあこい！　電気よ。

と、思う隙もなく電球のフィラメントにほのかなあかりが灯《とも》る。

すぐにそれは力強い輝きを放ち始めたのだ。

「お、おおおお！」

「これが電気ですかあ。なるほどなるほど」

「見事なもんじゃのお」

各々が感想を漏らし、光る電球を取り囲む。

全員の目が電球よりキラキラとしていることが印象的だった。

子供のような純真な顔で電球をじっと見やる彼らに少し和む。

しかし、俺の気持ちは別のところにあった。

それはフィラメントが燃えずに耐えることができるかどうかだ。

「しばらく、様子を見ていいかな」

「いくらでもよいですぞ。ずっと眺めていられそうです」

俺の問いかけに電球から目を離さぬままトーレが返事をする。

すぐに燃えることはなさそうだな。地球にはない素材だったから、どうなるか分からなかったけど原理的には行けるはず。

「のうのう。ヨシュアよ。うまくいったようじゃし、この光っている部分……フィラメントじゃったかの？　の素材は何なんじゃ？」

「そいつは『雷獣の毛』をより合わせたものだよ。雷獣が立ち去った後に拾っておいたんだ」

「抜け目ないのお。なるほど。あやつの耐電に鑑みるに燃えぬのは納得じゃ」

「俺もどうなるか分からなかったけど、大丈夫そうでよかったよ」

雷獣から放たれる凄《すさ》まじい閃光《せんこう》を見た時から、使えるんじゃないかなって思っていた。

思いっきりやってくれと頼み、強烈な落雷を落とした雷獣の体は帯電していたんだ。

だけど、雷獣の毛は綺麗《きれい》なもので焦げる様子がなかった。

そしてこっそりと抜け毛を拝借し……束ねてフィラメントに。

それにしても、ちゃんと光るんだなあ。電球。

目論見《もくろみ》通りにいったのも、トーレらの熟練の技があってこそ。

しばらく、一緒になって電球の光を眺める。目がチカチカしてきた……。

そんな中、最初に電球から目を離したのはトーレだった。

「して、ヨシュア坊ちゃん。これで終わりってわけじゃないでしょう？　『電気』を使って何をするのですか？」

「いろいろやりたいことはあるんだけど、街に光を灯《とも》すことは急ぎじゃあない」

「そうですな。ランタンでも松明《たいまつ》でも明かりにはなりますからな」

「うん。魔石や燃焼石の代わりになれるもの。すぐに使えて役に立つものからと思っているよ」

「ほうほうほう。して、何からやります？　ささ。ささ」

「そ、そうだな。電気はちょこちょこ俺とセコイアで実験しつつ、トーレたちにも協力を頼みたい」

「もちろんですぞ。分かっております。某《それがし》とガラムがまずやることは。こちらも大変興味深い」

スイッチが入ってしまったトーレをいなそうとしたのだが、逆に火をつけてしまったようだった。

ちゃんと会話を聞いていたガラムも身を乗り出してきている。

ううむ。悩むが、そろそろ頃合いなことも確かだ。

「橋の建設からやろうか。向こう岸には重要素材があることだし。ガラス砂だけじゃなく、石灰も大量にあると思う」

「ほっほっほ。あと五日ほどは待ちますぞ。準備はいたしますが」

「そうだの。住宅、農業が優先じゃからな」

あれ？

ちゃんと自制できているじゃないか。先走ってしまうかなあと心配したけど、この分だと大丈夫そうだ。

「して、石灰もあるとな？」

「う、うん。カタツムリが大量にいただろ。殻は石灰質だったから」

失礼なことを考えている時、出し抜けにトーレから質問が飛んできたから動揺してしまったよ。

「ふむ。カタツムリの殻を生成するために石灰が必要。ならば、石灰があるはずだというわけですな」

「そそ」

「して、ヨシュア坊ちゃん。今日はまだ昼にもなっていませんな」

「だなあ」

「電気、電気を。すぐにできることなら、今日だけでもできますぞ。ささ、ささ」

「あ、うん」

そしてスタートに戻ると。

いや、俺もせっかく発電ができたことだから、お試しはしたいと思っている。

ちょうどいい、これだけ職人も集まっているのだから、やろうか！

「塩と水を用意してもらえるか？」

言うや否や、ガラムらの弟子が鍛冶場を出て行き、五分もしないうちに戻ってきた。は、早いなおい。

大きな樽《たる》に入った水へ塩をドバドバと加え塩水にする。

本当はアンモニアソーダ法といわれるやり方で作った方がいいんだろうけど、そいつはまたの機会にってことで。

「んじゃ、始めるぞ」

「塩水に電気を流すのかの？」

科学となればセコイアが興味を示す。

樽を覗《のぞ》き込んでいるけど、感電したら危ないぞ。

やんわりと彼女を樽から引き離し、指を一本立てる。

「これからやるのは塩水の電気分解だ」

「ほおおお」

「これで、炭酸ナトリウムを作る」

「なんじゃそれは？」

「ソーダ灰を言い換えただけだよ。ここじゃあ、海も近くにないから塩生植物も採れないし」

「ほおほお。電気でソーダ灰が作れるのじゃな」

「うん、蓋《ふた》をしよう」

やべえやべえ。このまま電気分解したら発生した塩素で下手《へた》したらぶっ倒れる。

蓋をしてから、銅線を慎重に樽に差し入れ、電気を通す。

しばらく電気を通してから慎重に蓋を外すが、期待したほどの炭酸ナトリウムを得ることはできなかった。

うーん、何か他に必要だったかもしれない。

ともあれ、少量ではあるが炭酸ナトリウムを得ることができたので、こいつを重曹にして……。

「よし、重曹と石灰を混ぜれば石鹸《せっけん》ができる」

「石鹸が魔法や魔石を使わずともできてしまうのか。ほおおお」

「混ぜて石鹸にするのは、トーレたちに任そうかな」

「任された。ほっほっほ。面白いものを見せていただきましたぞ！」

セコイアと俺の会話にトーレが勢いよく割り込んでくる。

彼はとても興奮した様子で鼻息が荒い。


この後、トーレとガラムに電気めっき法の概要を伝えはしたが、電流の調整が難しいかもしれない。

電気めっき法が地球で開発されたのは近代になってからだ。「はいそうですか」とうまくいくものではないと見ている。

だけど、電気めっき法が実用化されれば様々な用途に使用できるだろう。

将来的に楽しみな技術だ。

実験も一段落して、俺はセコイアと共に川岸で並んで座り昼食をとろうとしている。

「キミはめっき法を開発したいと思っておるのかの？」

「もちろんだよ。錆《さび》や腐食に強くできるだろ？」

「そうじゃの。じゃが、実験がうまくいった暁には、めっきを試すわけじゃろ？」

「そうなるな。楽しみじゃないか」

「ほうほう。ボクも楽しみじゃよ。キミの像が金色になる日がのお」

「……し、しまった……いや石に金めっきはできなかったはず……銀なら……」

マジか、マジかあああ。

金はできないにしても無電解銀めっきを施工することならできるかもしれない。その後に金ピカにすることも。

しかし、まず最初にあの見たくもない石像にめっきを施工するとか有り得なくないか？

セコイアはさも嬉《うれ》しそうにニヤニヤしているし。

いくらなんでも、実用的でもなんでもない石像からなんてことはないよな、ないよね？

「めっき法は無しにしようか……」

「さきほど、便利になると言っておったろうに」

呆《あき》れたように肩を竦《すく》めるセコイアだったが、俺は気が気じゃないぞ。

光り輝く自分の像が街の一番目立つ位置に立っていることを想像してみて欲しい。

「それにの。ヨシュア」

「お、おう？」

「金箔《きんぱく》なら魔法で作ることも可能なのじゃぞ？」

「そんな無駄な労力をわざわざ……」

「さあてのお。豊かになればそのうちあるんじゃないかの？」

「無いって！　俺が阻止してみせようではないか。ははは」

「『任せる』とか言って墓穴を掘るのがキミじゃろうて。あはははは」

く、くうう。

間違ってはいない。だってええ。自分一人で政務をこなすなんて不可能じゃないか。

いちいち管理してらんないし、そんなことをしていたら手が回らず過労で倒れることが確実だから。

この倒れるか倒れないかの瀬戸際でタップダンスを踊っている俺に、自分の像だけ気を回すなんて細やかな対応は無理である。

……。

金ぴかにならないことを祈ろう。

頭を抱えてのたうち回っていたら、セコイアが澄ました顔で「喰《く》わぬのか」とサンドイッチの入ったカゴを俺に向けてくる。

今日の昼食はキャッサバパンのサンドイッチか。

肉と野菜が挟んであってとてもおいしそう。飲み物は紅茶。

紅茶やコーヒーもいずれこの地で栽培したいところだなあ。だけど、全部が全部、輸入せずに手に入れることは不可能だな。

いずれ、他国と貿易せねば立ち行かなくなる。

カンパーランドには海がない。つまり、海を起因とする産物は手に入らないのだ。

もちろん、海が無くとも代替品を用意することはできる。岩塩しかりソーダ灰しかり。

「んー。紅茶があるなら、タピオカミルクティーも飲みたいな……あまーいカンパーランドシロップを垂らしてさ」

「なんじゃ、タピオカとは？」

独り言のつもりだったんだけど、狐耳をピクリと揺らしたセコイアが質問を投げかけてくる。

「キャッサバから作ることができる食べ物の一種だよ。こう小さな玉みたいになって、くにくにした食感を楽しむ」

「ほう。作ってみればよいではないか」

「だな。エリーに相談してみよう」

その言葉を最後にしばらく無言でむしゃむしゃとサンドイッチを頂く。

しっかし、輸入かあ。他国とお付き合いするとなると隣接している国はもちろんルーデル公国である。

カンパーランド北部まで行ったら、ちょこっとだけ獣人が部族単位で支配する領域「レーベンストック」と重なる部分もあるか。

だけど、現状、オラクルを開発するのに手いっぱいだ。カンパーランド北部にまで進出する……なんて夢のまた夢である。

いざとなれば公国から食糧だけでも輸入しつつ、急場を凌《しの》ぐしかない。そうならないために食糧を自給すべく邁進《まいしん》しているんだけどな！

嗜好品《しこう》は……厳しいけど。

ぐるぐる頭の中を考えが巡る俺とは異なり、セコイアは黙々と「ふむう」と時折声を漏らしながらサンドイッチをはむはむしている。

そして、行儀悪くサンドイッチを食べ終わったセコイアは、口元にパンくずをつけたまま紅茶をこくこくと飲んでいた。

「ぷはー。美味じゃった」

「おう。俺のはあげねえぞ」

「そんなに喰わん」

言葉とは裏腹に俺のサンドイッチへにじり寄って来ているじゃねえか。

やらん、やらんと言ったらやらんぞ。

「して、ヨシュア。ふと思ったのじゃが」

「うん？」

「ボクにとって未知の力であるカガクは深淵《しんえん》で非常に興味深い。このことは変わらぬが、ちと迂遠《うえん》ではなかろうか？」

「言わんとしていることは分かる。石鹸一つ作るにしても時間も手間もかかっちゃうしな。地道に実験と検証を繰り返し、小さなことを便利にしていく、それが科学というもんだ」

「うむ。魔法もそうじゃ。魔法には長い長い開発の歴史がある。そうそう進むものではなかろうて」

「電気は科学の発展になくてはならないエネルギーだ。だけど、急を要する今ではないと言いたいのだろう？」

「ヨシュアのことじゃ。そこまで考えておるのは当然じゃったのお。一応確認じゃ、確認」

「科学はおいおい進めていく。基礎研究は大事だからな。いずれ花開くだろう」

「ふふふ。楽しいことじゃ。キミが人間であることが惜しい」

「俺は人間であることに不満なんて感じてないさ。人間の寿命は長くはない。だから良い面もある」

なんだか哲学的な話になってしまったな。

セコイアの言う通り、科学技術を発展させていくためには長い時間がかかる。

俺に深い科学知識があれば別だけど、塩水の電気分解でさえ効率よくできていないほど貧弱なもんなんだ。

だけどさ。この世界にはこの世界の既存技術があるだろ？

そいつを活《い》かせば、一息に公都と同じ生活水準まで引き上げることも可能。

「して、どうするつもりなのじゃ？」

「ヒントは『雷獣』にある」

「ん？　発電に利用したいのじゃあなかったのかの？」

「発電は水車でも代用できるだろ。同じように雷獣のやっていることの中でもう一つ代用できないかって考えていることがあるんだ。こっちが本命だな」

「ほう。それには雷獣の協力が必要じゃと？」

「雷獣よりセコイアの力が必要だな。これぱっかりは俺にはとんと分からん」

「ほ、ほおおお。そんな真顔で『ボクが欲しい』なんて言われると疼《うず》いてしまうぞ」

「こらあああ。寄りかかってくるんじゃねえ。そういう意味じゃないことは分かっているだろ？　セコイアの魔術の知識が必要なんだってば」

「分かっておる。つれない奴《やつ》じゃのお」

セコイアの頬《ほお》をむぎゅーとして押し返し、彼女を俺の体から引っぺがす。

「話が進まないだろうが！　要は雷獣って魔力《マナ》から雷……言い換えれば電気を作っているわけだろ」

「ヨシュア！　キミはやはり天才じゃの！　当初からそのつもりでおったのじゃな！」

「セコイアの明晰《めいせき》さには頭が下がるよ。もう察したなんて」

「何を言うか。ボクは今の今まで気が付かないでおった。何を迂遠なことを……なんて考えておったくらいじゃからの」

「いやいや。それは仕方ない。未知の『科学』って餌をぶら下げられて、そっちかよって感じだろ」

「うむ。しかし、よくぞその発想に至った。キミといるといつも驚かされる。ここ百年、それほど気持ちが動いたことがなかったのじゃが、ここ数年は驚かされてばかりじゃ」

「ひゃ、ひゃくねん……むぐう」

「美少女に年齢を問うなどいけないことなのじゃ」

いや、自分から言ったよね。

く、苦しい。い、息があぁ。

念入りに口を塞《ふさ》ぎ過ぎだろお。小さい手でも両手となれば、俺の口が完全に塞がるんだぞ！


う、ううむ。何だか逆に心地よくなってきて眠たく……。

ザバアアアア。

な、なんじゃあああ。

顔全体に水が！

「お、目覚めたかの」

「いやいや、もう少しであっちの世界に行くところだったぞ。加減をしてくれ。俺は貧弱なのだ」

「情けない奴じゃ……。もう少し頼りに、いやならんでよい。キミはキミのままでよい」

「なんだよそれ」

「情けない方がライバルが減るじゃろ？　そういうことじゃ」

「意味が分からん……」

どこから持ってきたのかハンドタオルを差し出してくれるセコイアである。

ありがたく受け取って、顔をふきふき……おお、なんだか却《かえ》ってさっぱりしたな。

食べた後に顔を洗うとスッキリするのは道理か。

不本意に水を被《かぶ》っただけとかは考えないことにしよう。

ん。セコイアが運んでくれたのだろうか。いつの間にか川べりに移動しているようだった。

「んじゃ、ご飯も食べたことだし鍛冶《かじ》場に顔を出して」

「ヨシュア。キミが起きるまでに思い至ったことがあるのじゃ。忘れぬうちによいか？」

「うん。些細《ささい》な気づきから大きく進展することも多い。ぜひ、聞かせて欲しい」

「ははは。キミは本当にボクと考え方が似ておる。好ましい」

「え、まあ、うん」

ここで抱き着きモードになられては困るとばかりに、先手を打って両手を前に出し、そのまま押し出せるように待ち構える。

ところが、セコイアは顎《あご》に可愛《かわい》らしく指先を当て「ううむ」と声を漏らす。

「マナは術次第で様々に形を変える。じゃが、新たな術を組み立てることができるのは、知性の高い生き物だけじゃ。人間や獣人、エルフのような」

「魔術や魔法も『構築』を行って発動するんだよな」

「うむ。じゃがな。飛竜のブレスや雷獣の雷撃はそうではない。あやつらは術理が体の中に組み込まれておるのだ」

「そこは俺の予想通りってわけか」

地球の生物だってそうだ。

例えば、魚の一部には発光するものがいる。ルミネセンスとも言われる生物発光は、発光生物が科学式を使って編み出したわけじゃあない。

彼らの体には発光できる仕組みが組み込まれていて、生まれながら本能的にそれを使うことができる。

雷獣の雷も同じ理屈で、雷獣が毎回魔法の術式を組み上げているわけじゃないってことだな。

「じゃからこそ。仕組みを解明し、雷から逆にマナを作り出すという発想にキミは至ったというわけじゃろ？」

「うん。つまり、電気からマナを作り、マナを物質に留《とど》めたもの……魔石を作り出そうってわけだ」

「ボクは不可能ではない、むしろ、自然な動きじゃとみている。じゃが、それを行うに決定的に足りないモノがある」

「おお。それは何なんだ？」

当たり前のように俺の発想を理解していることには全く驚かない。

俺が気を失う前の会話でセコイアは既に電気から魔石を作り出すことを理解していたからな。

魔石を作ることができれば、生活に関わる多くのことが解決する。例えば、魔石を使った浄化設備や水道設備なんてものは既存の技術だ。

公都でやっていたことと同じことをすればいい。

実行は難しくないだろう。建材もあることだしな。

しかし、セコイアの言う足りないモノとは何なんだろう。

作製できるものであったらいいのだが。

セコイアが俺の問いかけに対し、指を一本立てて眉間《みけん》に皺《しわ》を寄せつつ応じる。

「よいか。ヨシュア。マナとは体内に常にあるものじゃろ」

「あ、そうか。体内にあるマナを桶《おけ》に入った水みたいに考えればいいのか」

「うむ。マナは都度使われるのじゃが、雷獣や飛竜は体内にプールされたマナを消費するわけじゃろ。となると、電気もプールされそこから変換されるのじゃないのかの？」

「その発想はなかった！　確かにそうだよな。電気をプールさせるか。無しでやってみてもいいんだけど……」

「難しそうかの」

「いや、電気をプールさせるもの……バッテリーという物の概要は分かるけど作り方が分からない。それと、恐らくだが、電気をマナにするには『触媒』が必要なはずだ」

「ショクバイ……ああ、カガク用語じゃったな。媒介のことじゃろ。確かにのお。雷獣はマナから雷撃に変換するにあたって、体内でなんらかの媒介を使っておるという発想じゃな」

「雷獣は使っていないかもしれないけど、電気からマナにするには恐らくなんらかの触媒が必要だと思う。科学的な発想ならな」

「ふむ。興味深いのお。実に愉快じゃ。世界の謎を解明するのにも似ておる」

マナ、魔力の取り扱い、性質についてはセコイアに意見を求めていけば答えまで導き出せそうだな。

問題は俺の方か。

「バッテリーに触媒か……」

んー。どうやって作ろうか。

『バッテリーを作りたいのか？』

「そうだよ。だけど、作り方が分からない」

ん。つい答えてしまったけど、この声はセコイアじゃない。

「ボクじゃあないぞ」

「だよな。いきなり声色を変えたのかと思ったけど……」

アニメに出てくるような声とでも言えばいいのかな。

こう、女性声優が男の子の声をやっている、そんな感じの。

一体どこに？

セコイアが反応していないことから、声の主に攻撃性がないか、あったとしても脅威度が低いかのどちらかってことか。

首を捻《ひね》っていたら、再度声が。

『西暦何年から来たんだ？　平成？　もしや大正とかか？　いや、戦後なのは確実かな？』

注意して声の方向を探っていたから、今度はどこから声がしたのかハッキリと分かったぞ。

川だ。川の方から声がした。

しかもこの言語……日本語じゃないか！

この世界でヨシュアとして生まれ変わって以来、日本語を聞くのは初めてだ。

となると、俺と同じ転生者？

だけど、川には誰《だれ》もいない。以前チラリと見たカタツムリをぺしーんとしていたペンギンしか。

『どこだ？　こちらから危害を加えるつもりはない。姿を見せてくれ』

『何を言っているんだ君は？　私はここにいるではないか』

日本語で呼びかけるとすぐに日本語が返ってきた。

え？

まさか。

『ペンギン？』

『そうだとも。何故《なぜ》かペンギンになっていたのだ。バッテリーという懐かしい言葉が聞こえたものでね。ついつい、君に声をかけてみたわけだ』

『そうだったのか。しかし、日本語なんて』

『それだよ！　君！　人の姿は見えたが、聞いたことのない言語でね。さすがに声をかける勇気はなかったよ。なにしろ私はペンギンだからね。捕獲されてしまっては事だ』

『まあ、そうだよな。ペンギンだし』

『そうだとも。ペンギンだけに……』

川で立ち泳ぎをするペンギンに哀愁が漂った気がした。

よりによってペンギンに転生するなんて、なんてついていない人なんだ。

案外ノリノリでカタツムリをペシーンとしていたのかもしれないけど。

『安心して欲しい。俺はペンギンさんをどうにかしようとは思ってないから』

『同じ日本人として君の言葉を信じよう。いや、信じたい。同郷の者に会うことができたのだ。もし、これで騙《だま》されていたとしても後悔はないさ』

『いや、だから、何もしないってば。なんなら、俺の家に住んでもらってもいいし』

『私は今やペンギンだ。カタツムリを捕食しているのがお似合いなのさ』

『それは……ご愁傷様としか……』

『いや、その話はどうでもよいのだよ。バッテリーという言葉が聞こえた。そして、私はこっそりと水車の構造も見せてもらった。君、水車で発電施設を作ったのかな？』

『うん、まあ、そうだけど……』

『それで、バッテリーが必要だと』

『あった方がいいなって』

『ふむ……ふむふむ』

ペンギンが岸部まで上がってきて、フリッパーをペシペシとして自分の真っ白のお腹《なか》を叩《たた》く。

シュールだ……シュール過ぎる。

「キミはこの奇怪な生物と会話しておるのか？」

「あ、うん。こいつ、一応言葉を操るんだ」

ペンギンのお腹ぺたぺたという衝撃の仕草に茫然《ぼうぜん》としていたところで、セコイアがちょんちょんと俺の腰辺りをつついてきた。

彼女は「ふむ」と呟《つぶや》いた後、目を閉じ何やらむにゅむにゅ呟き始める。

すると彼女の周囲に風が舞い、風が青白い光をまといだす。

そして、淡い光がペンギンとセコイアの両者を包み込む。

すぐに何事も無かったかのように光と風が消失した。

「ペンギンさん、大丈夫だろうな……」

「体・精神共に何ら影響を与えておらんよ。今の魔術は『分析』じゃ」

「ほお。何の分析をしたんだ？」

「あの奇怪な生物……ペンギンというのかの？　あやつのもつ言語を分析したのじゃよ」

「魔法ってすげえな」

「この術はボク独自のものじゃ。未知の言語を解析するためだけにある」

「未知の言語ってそうそう出会うものじゃないよな？」

「うむ。じゃからして、長い魔法の歴史の中に該当する術がなかった。なので、自分で開発したというわけじゃよ」

「……無駄にスペックが高い……」

才能の無駄使いとはこのことだろ。

言語分析とやらの魔法を開発するのに一体どれだけの時間をかけたんだ？

未知の言語限定の解析術とか使いどころが殆《ほとん》どないだろ？　開発の難易度がどうこうじゃなくて、需要が無いから開発されなかった。

だから、開発したって。

時間が有り余るセコイアならではの発想だな。うん。

「ふむふむ。なるほどの。言語体系がまるで異なる」

「そうなんだ」

まあそうだろうなと思いつつもセコイアに相槌《あいづち》を打つ。

この世界の言語がいつごろ発生し、派生していったのかは分からない。だけど、それぞれの言語というのは過去に遡《さかのぼ》って行けばどこかで接点があるんだよ。

だが、地球とこの世界の言語は文字通り「繋《つな》がりがない」のだから。完全に異質であっても仕方ない。

ひょっとしたら、同じ知的生命体だし言語も似たような感じになるのかもと思ったけど、そう都合よくはいかないいか。

地球の人間とこの世界の人間も遺伝子を解析すると、別種なのだろうな。

俺はこの世界に地球にいた時の記憶を持ちながら赤子として転生した。なので、体はこの世界の人間のものだ。体の中にはマナが流れているし、それを使うことだってできる。

「ペンギンさんと会話をしたいのなら、俺が通訳するし」

「別の方法を使えば意思疎通はできるかもしれぬ。試してもよいか？」

「ペンギンさんに害が及ばないだろうな……」

「そこは心配せずともよい。ペンギンが同意するかどうかだけじゃからの」

「同意？」

「うむ。ボクが雷獣と意思疎通をしていたことを覚えておろう？　あれと同じやり方じゃ」

「おお、野生児アタックか」

「なんじゃそれは……」

「いや、ちょっと待ってくれ。先にペンギンさんに伝えてもいいか？」

「構わんぞ。危険が無いことを伝えてくれい」

ふう。どういう形態で意思疎通するのか分からないけど、魔法的な何かであることは確実だ。

ペンギンは俺と同じ、元日本人である。いきなり不可思議な現象が起こったら大混乱して会話どころじゃなくなる可能性も高い。

って、しばらく放置していたら川の水をフリッパーでバシャバシャさせ腹に水をかけている。

な、何がしたいんだ……一応、元人間だよな？　精神も人間のはずだよな？

『ペンギンさん？』

『いかにもペンギンだが』

『何をしているの？』

『待っていると手持無沙汰《てもちぶさた》になるだろう？　私はその不可思議な少女の言葉を理解できないからね』

『何か別の手段とやらで、ペンギンさんと意思疎通する方法があるとかあの狐耳が言っているんだけど、やってみる？』

『それは是非お願いしたい。興味深いではないか。この世界の者と会話できるなど』

『俺も一応、この世界の人なんだけどな……その辺はおいおい』

『了解した。私に異存はないさ。どうぞやってみてくれたまえ』

「おう」とフリッパーを上にあげ、嘴《くちばし》を開くペンギン。

ペンギンが人間ぽい動きをすると可愛《かわい》さじゃなくて、不気味さが勝つんだな……。

セコイアに親指を立て「大丈夫だ」と仕草で示す。

対する彼女は目をつぶり、意識を集中させている様子。

「うむ。なるほど。宗次郎《そうじろう》というのか。ほう。ヨシュアに興味を持っている？　ボクもじゃ。じゃが渡さぬぞ。何？　ペンギンだからそういう意味じゃない？　どういう意味なのじゃああ！」

興奮し始めたセコイアの頭にチョップを入れて黙らせる。

「分かった。意思疎通できているのは分かったから。二者間会話で、セコイアの声しか外からは聞こえないってことだな」

「うむ。心の中で会話するとでも言えばよいのかの？　そんな感じじゃ」

「んー。ペンギンさんに公国語を覚えてもらうのが一番早そうだな」

「言語学習ならば、ボクと宗次郎で心の中で会話をするのが一番じゃ。心の会話——心話《しんわ》とでも言おうか、心話は意味の取り違えがないからの」

「へえ。思っていることがダイレクトに伝わる感じか。言語の壁を越えて」

「そんなところじゃ。さて、邪魔をしたのお。宗次郎と問答をしておったのじゃろ？」

「一応な」

宗次郎って誰《だれ》？　と思ったが、ペンギンが人間だったころの名前だろう。

ペンギンと何か会話していた気がするけど、なんだったっけ。既に終わってたかも？

じーっとペンギンを見るも、真ん丸な目をパチリともせずぼーっと立っている。

『ペンギンさん、いや、宗次郎さん？』

『ペンギンで構わんよ。今、私はペンギンなのだから』

あ、そうね。

そう言われちゃったら、何も言えないわ……。

本人がペンギンでいいって言うのなら、ペンギンのままでいいや。

えっと、それよりも俺は何を会話していたのだっけか。

顎《あご》に手を当て「んー」と考え込む。

『あ、思い出した。バッテリーのことで何か言っていたような』

『バッテリーかね。「バッテリーがあれば助かる」と言っていたよ。君は』

『うん。いろいろあってね。ペンギンさんはバッテリーのこと分かる？』

『ざっくりとし過ぎだよ。バッテリーを持っているのかいないのか？　の質問であれば見ての通り、私は無手だ。バッテリーが何に使う道具なのか？　と言われれば、知っていると答えることができる』

こ、このペンギン。何かこう知識のある人独特の残念な感じがするぞ。

言葉から類推してくれないというかなんというか。俺の言い方が悪いのは確かだけどね。

『あ、ごめん。バッテリーの構造が分かる？　できれば一からバッテリーを作製したいんだけど』

『材料があれば難しくはないだろう。バッテリーといっても蓄電さえできればいい、充電効率は度外視する……という条件はつくがね』

すげえ。ペンギンなのにすげえ。

この分だと科学知識全般において、俺より知っていそうだよな。それなら、是非とも仲間に引き入れたい。

『マ、マジか。う、いやでも、バッテリーだけ、パーツだけを作ってもらうよりは全体を理解してもらいたいな』

『ふむ。協力することはやぶさかではない』

『ほんと！　俺が雇うという形でもいい。賃金はもちろん払う』

『いや、ペンギンに貨幣が必要だと思うかね？　私の望みは二つ。衣食住の確保とさきほどの不可思議な術について学びたい。この二点だ』

『魔法に興味が？』

『魔法かい！　そいつはいい！　知的好奇心がくすぐられる！　ペンギンの身となった私だが、知的好奇心を抑えることは難しいようだ。人間としての性《さが》だね』

やれやれとフリッパーを揺らし首を左右に振るペンギンはやっぱりシュールだった。

そのまま川原《かわら》でペンギンとセコイアが話し込んでいるのを横で聞きつつ、ボケーッとしていたらトーレとガラムに首根っこを掴《つか》まれ……。

「どうした？　いきなり？」と問いかけようとしたんだけど、二人の目が血走ってて、そのまま言葉を飲み込んだ。

めっきのことなのかなあと思ったが、そうじゃなかった。

「橋の構造じゃが、これでいいのかの？」

「トーレが作ってくれた模型の通りで」

低い声でガラムが喰《く》いつかんばかりに問いかけてきたから、何事かと思ったけどそんなことかあ。

橋ならもう打ち合わせがだいたい済んでるじゃないか。

「して、ヨシュア坊ちゃん。この橋はどう『繋ぐ』のかが肝要ですぞ」

「それは、うん、まあそうだな……」

「ならば、どう繋ぐのか、どう延ばすのか、その辺りをご教授いただけますかな。ささ、ささ！」

「え、あ、そうだね。うん」

あ、あかん、これはあかん。

終わるまで帰してくれなそうだ。

普段穏やかなトーレの目がらんらんと輝き始めちゃった。

ガラムはガラムで変なオーラが背中から湧《わ》き上がっているし。

「地図、製図……できれば模型まで作り上げておきたいのお」

「ま、街全体の……？」

「そこまでは求めておらん。最低限、中央大広場までは必要じゃろうて。無計画に敷くわけにはいかぬじゃろ」

「は、橋だけってわけには……そうだよな。いかないよな。は、はは」

うおおおお。

セコイアとペンギンが戯《たわむ》れている横でぼーっとしていようと思っていたのに。

こいつは可能な限り速やかに進めないと、鍛冶《かじ》場で泊まることになってしまう。

そうはさせん、させんぞおお。

「やりゃあいいんだろおお。図面からいくぞおお！」

「ふぉふぉふぉ」

「ガハハハハ」

やけくそになってペン代わりの墨を掴み両手を振り上げ、奇声をあげる俺なのであった。

◇◇◇

『もっちゃもっちゃ』

『普通に魚も食べるんだな』

何とか日が沈んだ直後、滑り込むように自宅まで帰り着いた俺とペンギン。

セコイアとは屋敷の門の前で別れた。

で、衣食住の約束をした俺はペンギンに夕飯をご馳走《ちそう》しようと申し出たのだが……ペンギンが所望したのが魚だったたってわけだ。

魚は用意がなかったため、ルンベルクとエリーに頼みルビコン川まで馬でひとっ走り行ってきてもらった。

俺は彼らを待っている間に食事を済ませ、現在はペンギンだけが書斎で食事をとっている。

それにしても、食べ方が汚い……元人間だろうに。

食べながら喋《しゃべ》ると、ほら、嘴から食べかすが落ちる。

『もっちゃもっちゃ……もちろんだとも。川魚とはいえ、これは中々脂がのっていて』

『カタツムリが主食だと思っていたぞ……』

『カタツムリは手軽に捕食できるタンパク源なのだよ。ああ見えて存外、味も悪くない。この体はカタツムリを食べることができるようになっていてね。寄生虫なんぞも怖くないのだよ』

『カタツムリに適応している体なのに魚を食べて大丈夫なのか？』

『問題ない。ペンギンは魚を食べるものだろう。この流線形の体型、地上での動きの鈍さから類推するに水中で狩りをするようにできている、で間違いない』

『焼いても大丈夫なの？』

『いいかね。飼い猫を想像してみたまえ。猫は本来、火を使わない。だが、調理した魚も食べるし醤油《しょうゆ》も舐《な》める。そも、加熱調理をすることで雑菌や寄生虫が死滅するのだ。何ら不都合はない。食べない動物がいるのは単に「味」の問題だろうね。慣れがないから食べない。それだけだよ』

『お、おう』

「生魚じゃなく焼き魚を食べたいだけだろう」と突っ込もうかと思ったけど、うまそうに食べているのであえて触れないことにした。

こうしている間にも焼き魚を五匹も完食したペンギンは「ふいい」とフリッパーで白いお腹《なか》を叩《たた》く。

『さて、約束通り食事を頂いた。住処《すみか》も提供してもらった。ならば私も応《こた》えねばなるまい。契約には対価を、だね。最低限、衣食住分は働こうじゃないか』

『それなんだけど、まずは学習からかなと思っている。ペンギンさんは俺より科学に造詣《ぞうけい》がある。俺はバッテリーの仕組みも分からないくらいだから。他にも電気分解やらもさっぱりだ』

『ふむ。だが、この世界には科学と異なる術理がある。地球にはないエネルギーを使ったものがね。エネルギーの名は魔力またはマナ』

『ある程度、セコイアから聞いたのかな？』

『まだほんの一部だけだがね。だが私も自分の興味は興味、仕事は仕事だとわきまえているつもりだ。仕事を優先する』

『ペンギンさんに任せたいと思っていることは多岐に亘《わた》る。だけど、最初に任せたいことは「電気エネルギーを魔力に変換し魔石を製造する研究」だ』

『ふむ。概要を聞かせてくれるかね？　これほど心躍ることを仕事としてやらせてもらえるなんて冥利《みょうり》に尽きるよ』

『うん。ざっくりとだけど説明する。あと、この研究にはもちろん俺も協力するし、参加するつもりだから』

『ふむふむ。契約者の鑑《かがみ》だね、君は。抱え込んで大丈夫かね？　他にも仕事があるのではないのかな？』

『その通り。他にもやらなきゃいけないことはたんまりとある。だから、この研究にかかりきりってわけにはいかないんだ』

『承知した。やれる限り、尽力しよう』

差し出してきたフリッパーをギュッと掴む。

こうして幸運にも科学知識を持つ元日本人を雇い入れることができたわけだったが、彼もまたどこかの職人たちと似たような気質を持つことに薄々気が付いていた。

だから、「ざっくりと」って言ったんだよ俺は。

なのに、話が逸《そ》れるわ逸れるわ。よく分からない化学記号やらを黒板に板書させられるわで……

気が付いたら深夜になっていて、またしても書斎で眠ってしまった。

――ちゅんちゅん。

ふんもお。

鳥のさえずりと何か別ののんびりとした鳴き声が目覚ましとなり、パチリと目を開ける。

お、誰かが寝室まで運んでくれたのか。アルルの膝枕《ひざまくら》に二度もお世話になっていたから、「また寝ちゃったよ」と悪い気がしていたんだ。

ベッドに運んでくれていたのなら、運んでくれた人を付きっきりにさせなくて済んだはず。少しホッとした。

のだが、椅子に座ったエリーがペンギンを膝に乗せた状態ですやすやと寝息を立てているじゃあないか。

起こさないように、ささっと着替えるとしよう。

しかし、体を起こしただけでエリーが反応してしまった。

「おはようございます。ヨシュア様」

「ごめん。朝まで付き合わせてしまったみたいで」

「いえ。お運び申し上げたからにはキッチリ最後までお付き合いするのがメイドとしての務めですから」

「運んでくれたのはとてもありがたいんだけど、エリーもちゃんとベッドで寝ないと」

「いえ！　ゆっくりと幸せに睡眠をとっておりますので、お気遣い無用です！」

ペンギンを握りしめ力強く返事をするエリー。

でも、エリー。少し手に力が入り過ぎだ。ペンギンの皮がむにゅーんとなっている。

幸いペンギンは痛みを感じていないみたいで、眠ったままだけど……。

閑話二　エリーとルンベルク

ヨシュアより魚の捕獲を命じ……いや頼まれたエリーとルンベルクはルビコン川のほとりにある鍛冶場の裏手まで来ていた。

手刀を水面に叩きこむエリーを後ろでそっと見守るルンベルクがおもむろに口を開く。

「エリーゼ。あなたはこのままヨシュア様にお仕えするつもりなのですか？」

「もちろんです！　ヨシュア様のお世話をすることこそ、私の喜びでございます」

力強く応じるエリーの足元に宙を舞った魚が落ち、びたんびたんと跳ねる。

再び腕を振り上げた彼女に向け、ルンベルクが眉根《まゆね》を寄せ再び問いかけた。

「ヨシュア様を支えたい。その気持ちは私にも痛いほど理解できます。ですが、この地に来ることがどのような意味を持つか分からぬあなたではないでしょう？」

「重々承知しております。ですが、公都ローゼンハイムに残された我が家もきっと」

「私はヨシュア様にあなたの家のことを伝えておりません。もちろん、事情あってのことですが……。あなたにもニールマン男爵家にも無理を通してしまい申し訳なく思っておりますが」

「今の私はニールマン男爵家の三女であるエリーゼ・ニールマンではありません。ただのエリーです」

再び、魚がエリーの足元でぴたんぴたんと跳ねる。

彼女は流れる水へ目を落としたまま、ルンベルクに聞こえぬほど小さな声で「ただのエリーでいたいんです」と囁《ささや》く。

ルンベルクに改めて言われずとも、エリーは自分のおかれた状況を正確に理解していた。


エリーの生家は、公国の「法服貴族」ニールマン男爵家である。法服貴族とは別名「ローブの貴族」とも呼ばれ、主に公宮で仕える貴族についた俗称だ。

公国の貴族は二種類存在する。一つは「封建貴族」で、彼らは公国内に「封土」と呼ばれる領地を持つ。一方で「法服貴族」は領地を持たない貴族で、公国の上級官吏の地位を世襲する。どちらも貴族としての特権を保持しているものの、両貴族は在りようが異なるのだ。

横道に逸れたが、公国の頂点たる公爵家に貴族の娘をメイドや侍女として送り込むことは特異なことではなく、むしろ常日頃《ひごろ》から行われていることだった。

何も公爵家だけでなく、高位貴族の下《もと》でも低位貴族の三女、四女が下働きすることも普通に行われている。

目的はその家との繋《つな》がりを強めるため。名目は貴族令嬢に「学ばせるため」とされていた。

だが、エリーがヨシュアの下に雇い入れられる時、ニールマン男爵家の名を出していない。

これは、ニールマン男爵家、エリー本人、ルンベルクの三者が望んだことである。

ルンベルクはハウスキーパーとして貴族令嬢が入ったとなれば、他家からの申し込みも殺到することを憂慮した。

ヨシュアに仕えるハウスキーパーには真の意味での「令嬢」は必要ない。ハウスキーパーとしての能力はもちろんのこと、ヨシュアを魔の手からお救いできる力を持っていることが肝要である。

唯《ただ》の令嬢ならば、必要ない。たとえそれが、高位貴族の令嬢であったとしてもだ。

一方でニールマン男爵家にとってはヨシュアという将来が有望過ぎる公爵の下へ令嬢を送り込めることに歓喜し、自家の名声を高めたいと考えることが当然だと思うかもしれない。

しかし、事実は異なる。

ニールマン男爵家には二人の息子と三人の娘がいた。エリーゼ・ニールマンは四番目の子供で、上に三人の兄姉と下に弟がいる。

伝統あるニールマン男爵家は、厳粛な家庭として知られていた。女子は淑女たらんとすることが求められ、幼い頃から厳しい躾《しつけ》が行われている。

だが、エリーは異質に過ぎたのだ。

彼女の持つギフトがそうさせていたのだが、彼女が自分のギフトを使いこなせるようになったのは、ルンベルクの下で修練に励んでから。

彼女は生まれ持ったギフトが足かせとなり、ニールマン男爵家では腫物《はれもの》に触れるような扱いを受けていた。

そんな中、彼女の資質を見出《みいだ》したルンベルクが男爵家を訪れ、彼女をメイドとして引き取ることになる。

男爵家としては、ヨシュアの下にメイドを出せることは僥倖《ぎょうこう》ではあったものの、出されたのはエリーだった。

男爵家でも御多分に漏れず、若き公子ヨシュアのことを尊敬し、彼の下で公国は大繁栄していくと信じていた。

ヨシュアのためならば、家のことを抜きにしても協力したい。だが、男爵家としての外聞もある。

そのため、男爵家は自身の家のことを秘密にすることを望んだ。

エリーはエリーで、自分の男爵家での立場を分かっており、それでも尚《なお》、自分にも愛情を注いでくれた男爵家に感謝をしていた。

だから、自分が男爵家に迷惑をかけたくないと願う。


黙々と手刀を振るうエリーにルンベルクは柔和な笑みを浮かべ、問いかける。

「あなたはもう力を使いこなすことができています。男爵家の令嬢として恥じぬ振る舞いができるはずです。それに、ヨシュア様が公都にいた時と今では事情が異なります。ニールマン男爵もさぞあなたのことを案じておられるのでは？」

「お父様には、いずれ必ずお会いしようと思っております。ですが、今はまだ……」

「悩みをお聞きすることくらいしかできませんが、何でもご相談くださいね。事情を知っている者同士、何か力になれるかもしれません」

「ありがとうございます。ルンベルク様にはギフトの使い方をご教授いただいただけでなく、これまで多大なるご支援を受けておりますす。私はヨシュア様にこうしてお仕えできて至上の喜びを感じております！」

「そうですか、ヨシュア様に男爵家のことを打ち明けるおつもりはないのですか？　先ほども申し上げましたが、ニールマン男爵も今のあなたでしたら何ら問題なく男爵家の令嬢として後押ししてくださいますよ」

「それは……少し、怖いです。ヨシュア様の私を見る目が変わらないか心配で……」

「あのお方は、そのようなことで気心が変わるようなことはありませんよ。私たちの『裏』も折を見てヨシュア様にお話しせねばと思っております。先代アルフレート公より賜った『裏の仕事』のこともこの地にヨシュア様が追放された今となっては、明かす方がよいのではと」

裏というのは、ルンベルクら四人の戦闘能力のことである。

ヨシュアを不届き者の手から護《まも》るため、ルンベルクは随一の実力を持つ者、素質のある者を雇い入れた。

アルフレート公よりヨシュアを「陰ながら支えてやってくれ」と命じられていたルンベルクは、公の言葉を守り、ヨシュアを文字通り「陰ながら」護っている。

「私の『超筋力』のことも？」

「いえ、明かすとしても私とバルトロのことに留《とど》めるつもりです。メイドの二人はこれまで通りですよ」

「その時は私もちゃんと打ち明けます。アルルもそれを望むでしょう」

「そうですか。その時が来れば、みなで謝罪し、打ち明けましょうか」

「はい！」

手を止めず、顔だけをルンベルクの方へ向けはにかむエリー。

対するルンベルクは優し気な目で彼女を見やり、ゆっくりと頷《うなず》きを返す。

「エリー。もう一つ。あなたはヨシュア様と。いえ、無粋な話でしたね」

「な、ななな、何でしょうか。いえ、決して期待などしておりません。ヨシュア様があの奇怪なペンギンなる生物と語り合い、そのまま眠るなんてことを期待しては……護衛はアルルではなく、私の番だなんて、そんな不埒《ふらち》なことは考えておりません。わ、私は膝枕なんてそんな畏《おそ》れ多《おお》いことは、で、できませんんん」

顔を真《ま》っ赤《か》にしてたどたどしく語るエリーへ、ルンベルクはふうと肩を竦《すく》める。

エリーの様子を見た彼は「もう一つ」のことについて、心の中に留めておくことにした。

その内容はこのような感じである。

「男爵家の令嬢として」ならば、家格は高くないものの貴族である。ならば、正妻は無理にしても結婚はできるかもしれませんよ、と。

「とまあ、今はそっとしておいてあげた方がよいでしょう」

「な、ななな。違います！　違います！　ルンベルク様、私ならば、ヨシュア様を寝室にまでお運びしますぅ！」

エリーの絶叫が響くルビコン川に虚《むな》しい風が吹き抜けるのだった。

第三章　ワーカホリックは牛乳と共に

　ペンギンはぐっすりとお休みだったから、起きたら俺に知らせてもらえるようエリーに頼んでおいた。

　さっそく朝食をとり、食後のグアバジュースに口をすぼめていたらルンベルクが顔を出す。

　朝の報告会は俺の朝食後しばし経《た》ってからになっていたはずだけど、少し早いな。

　食事のお世話をしてくれているアルルはともかく、エリーとバルトロはまだ食堂に来ていないし。

「ルンベルク。みんなが揃《そろ》うまで少し待っていてもらえるか？　紅茶でも飲んで」

「いえ、会議の件で参ったのではございません。ヨシュア様へ急ぎご連絡がございます」

「そうだったのか。朝からありがとう。何だろう？」

「お客様が訪ねて来ておられます。いかがなさいましょうか？」

　こんな朝早くから領民が？

　何やら深刻な事態でも起こっているのだろうか。領民が各自持ってきてくれた食材や燃料はまだ余裕があるとルンベルクから報告を受けてはいるけど……。

「すぐに会おう。場合によっては会議を遅らせよう」

「畏《かしこ》まりました。すぐにお連れいたします」

もし、不測の事態になっていたら事だからな。

特に急ぎの案件でなかったとしても、それはそれで何事も無くてよかったとなる。

しかし、ルンベルクの言葉尻《ことばじり》が少し気になるぞ。「連れてきます」じゃなくて、「お連れいたします」か。

ん、そういや。起床時に鳥のさえずり以外に何かの鳴き声が聞こえた気が……。

あの鳴き声、いや、まさかな。

あれは牛の鳴き声で間違いない。

ふんもお。

あの鳴き声を聞くと俺の心がささくれ立つ。

心の中にとあるやり取りが自然と浮かんできた。脳裏に刻まれた酷《ひど》い思い出が。


『閣下。牛乳です』

『シャル、ちょっと、待……』

『やはり朝は牛乳を飲むことで、一日の仕事を捗《はかど》らせてくれますね！』

『お、おう？』

『牛乳を飲んで仕事をして、牛乳を飲んで仕事をする。無限に働くことができると思いませんか？』

それは違ううう！

いやーなことを思い出してしまった。

これは何かの前触れかもしれん。

となれば、はやく何とかしないと。

「ま、待て。ルンベルク」

「ルンベルク様。もう出て行かれましたよ？」

嫌な予感が背筋にびびびっときた俺は喘《あえ》ぐように手を伸ばし、執事の名を呼ぶ。

しかし、コテンと首をかしげたアルルは彼が既にこの場にはいないことを無情にも告げる。

俺の嫌な予感ってのは当たるんだ。

ああああ。普通の領民であってくれ。彼女は領地に帰ったじゃないか。

元気に領地で辣腕《らつわん》を振るっているさ。何ら問題ない。問題な……。

「お待たせいたしました」

早いな！

ルンベルクが開けっ放しの扉の前で深々と礼をする。

「通してくれ」

「ハッ！　ガーデルマン伯爵令嬢シャルロッテ様、どうぞこちらへ」

ルンベルクがさっと体を引き、どうぞと見事な会釈と共に腕を横に振る。

嫌な予感が的中したあああ！

だらだらと冷や汗が流れ落ち、背中がぐっしょりになってしまう。

気を確かに持つんだ俺。大丈夫、大丈夫だ。今は公国時代とは違う。そうだそうだー。

心の中の小さな俺が声援を送ってくれたけど、まるで気が休まらない。

動揺する俺のことなど露知らず、カッカッカッときびきびした靴音を響かせて件《くだん》の令嬢がさっそうと姿を見せる。

情熱的な赤毛をアップにした髪型もあの頃のまま。中央に鷲《わし》の家紋が施された白銀の鎧《よろい》に紺色のスカート、黒のブーツ。

スラリとしたどちらかというと小柄な女の子。

彼女の中には有り得ないほどのエネルギーが詰まっていることを俺は嫌というほど知っている。

「久しぶりだな。シャル」

「お久しぶりです！　閣下！　息災でしたか？」

赤毛の女の子――シャルロッテはビシッと軍人のように両足を揃え、額に手を当てる。

この令嬢らしくない口調……変わってないな。

「一応な。一体どうしたんだ？　こんな僻地《へきち》まで」

「閣下が一人、カンパーランドで奮闘されておられるとお聞きし、居ても立っても居られず」

「様子を見に来たってわけか。大丈夫だよ。何とかなりそうだ」

「様子を見るなど畏れ多いであります！　閣下が降臨されれば、どのような辺境であれ瞬く間に華麗なる都《みやこ》となることでしょう！」

「あ、うん……」

「ですが閣下！」

声がでかい……耳がキンキンする……。

再び敬礼したシャルロッテは懐をゴソゴソし始め、何かを取り出している。

そして、突然片膝《かたひざ》立ちになって、高々と小瓶を掲げたのだ。

蓋《ふた》をした小瓶には真っ白い液体が入っている。

「牛乳……」

「はい。牛も連れて参りました！　世話はお任せください。必ずや毎朝閣下に新鮮な牛乳をお届けいたします」

「え、待って。毎朝？」

「はい！　毎朝、確実にお届けするであります！」

「えっと。シャル。領地は？」

「領地のことは問題ありません！　信頼できる者を育て上げ、次期伯爵である弟に全《すべ》て引き継ぎました」

引き継いだって、え。ちょっと待って。

まさか、俺に牛乳を届けるためだけにオラクルへ留《とど》まろうとか。いやいや、まさか彼女に限って、そんなノンビリとした暮らしをするはずがない。

俺は牛と戯《たわむ》れて眠りたいがね。

「それで、シャルはどうするつもりなんだ？」

聞きたくないが聞くしかないだろ。

俺の言葉を受けたシャルロッテは片膝をついたまま右手を床につけ頭《こうべ》を垂れる。

「お願いいたします！　閣下！　どうか私を手元に置いていただけませんでしょうか！」

うわあ……。やっぱりそうなのねえ。

シャルロッテは俺が接した文官の中でも相当優秀な一人であることは間違いない。

特にプロジェクト管理能力に優れ、複雑な進捗《しんちょく》管理を同時に三つくらい受け持っていても余裕でこなす。

今は喉《のど》から手が出るほど文官が欲しい。

見目麗しく、そこにいるだけで場が華やぐ美少女。こんな子を秘書みたいにいつも傍《そば》に置いておけるなんて、と思うかもしれない。

一目見ただけなら羨《うらや》ましがる人だっているだろう。

だがしかし！　事実はまるで異なる。

彼女は。

彼女は――――ワーカホリックなのだ！

だから悩む。彼女を引き入れていいものだろうか、とね。

横で聞いていた二人はどう思っているんだろうとまずはルンベルクへ目を向ける。

シャルロッテが俺の盟友だと勘違いしているルンベルクは、彼女が俺の危急に駆け付けたとか考えてるのか絹のハンカチを目に当てているじゃあねえか。

もう一人のハウスキーパーであるアルルは……何も分かっていない様子だった。

にこにこして耳をくたーっとリラックスした状態で、俺の言葉を待っている。

迷って言葉を返せないでいたら、顔をあげたシャルロッテが真《ま》っ直《す》ぐに俺を見つめてきた。

彼女の目元には涙がにじんでいる。

「閣下！　私では力不足なことを重々承知しております！　ですが、どうか、末席に加えていただけませんでしょうか。閣下のお力となりたいのです！」

「あ、う、うん？」

「ありがとうございます！　身を粉にして働かせていただく所存であります！」

ハッキリと否定も肯定もできなかった俺が悪い。

曖昧《あいまい》に相槌《あいづち》を打つもんじゃあないな。

こうなったら腹を括《くく》ろう。彼女は「使える」。

俺の目標は三年でオラクルの街を安定させ、後進に全てを託し、惰眠を貪《むさぼ》ること。

彼女がいれば、目標に大きく前進できることは確か……だ。

事が完了した後、彼女を説得して領地にお帰りいただければよい。

よし、これだ！　これでいこう。

「分かった。よろしく頼む」

「はい！」

彼女を立ち上がらせ、固い握手を交わす。

せっかくだからシャルロッテが持ってきてくれた牛乳をぐびぐびと飲む。

「ぷはー」

一気に飲んでしまった。久しぶりの牛乳は悪くない。そう、牛乳は悪くないんだ。単に牛乳を飲み終わったら仕事を再開するという習慣があったために、牛乳を飲むと微妙な気持ちになっていた。

これからは牛乳そのものの味を楽しむことにしよう。

牛からの恵みだものな。ありがたい感謝の気持ちと共に飲まねば。

「全員集まったな。座ってくれ」

「ハッ！　ここに」

ルンベルクが代表して応じ、バルトロ、エリー、アルル、そしてシャルロッテがそれぞれ礼をしてから着席する。

食卓……というにはテーブルが大きいが、食卓を囲む全員の顔へそれぞれ目をやり静かに頷《うなず》く。

「ルンベルク、各地区の進捗を報告してくれ。分かるだけでいい」

「承知いたしました」

ルンベルクが立ち上がって一礼してから再び腰を降ろし、語り始める。

住宅地区は順調に建設が進み、インスラも建築を開始しているとのこと。

「具体的な数まではいい。領民全てが引っ越しできるまでにどれくらいかかりそうだ？」

「ヨシュア様を慕い、日々領民の数は増大しております。ですが、その分、建築に回す人手が増えております」

「そ、そうか……、なら数値目標を定めるか。いや、家は必ず必要だ。全員が入居できるまで建築を続けないとな」

「はい。インスラもございます。また、宿屋や商店を営もうと希望する者については商業地区に住居兼店舗とすることでよろしいでしょうか？」

「そうだな。増える領民も考慮し、インスラを五棟、先に建築してしまおう。商業地区にも同じく五棟。こちらは一階部分を店舗とする」

建築の簡便性を鑑み、インスラは三階建てにし一階ごとに十部屋でいいか。

となると一棟で三十部屋となる。商業地区の一階部分は住居用じゃないから除くとして、それでもこれだけで二百五十人が入居可能だ。

今後、領民が増えた場合、まずインスラに入ってもらえば雨風は凌《しの》げる。

家族向けにはポールが作ってくれたモデルハウスを量産し、そこに入居だな。

差し当たり、インスラの建築と建築済みの一戸建て、建築中の一戸建てで住宅は事足りるはず。

「野宿の者を迅速に減らす。慈愛深きヨシュア様ならではの案。感服いたしました」

「実用性も高い。商業地区のものなら少し改装すれば宿屋にもできるからな」

「承知いたしました。全てを完了するには十日ほど必要かと」

「たった十日で？　もう少し時間をかけてもいい。崩れないようにしっかりと作るようにポールへ指示を。しかし、建築途中の家を完成させてからとしてくれ」

「承知いたしました。既にポール殿のことをご存知《ぞんじ》でございましたか。ポール殿は非常に優秀な棟梁《とうりょう》です」

「明日、ポールをここに呼んでもらえるか？　彼にも市政計画に参加して欲しいと思っている」

「もちろんでございます。ポール殿もきっと歓喜することでしょう」

ポールのように皆から頼られ、いつの間にかリーダーとなっている者は積極的にこちらからも意思疎通していきたい。

いずれ商業、工業、農業、もしかしたらハンターや冒険者……といった各業種ごとに商会やギルドが自然発生していくことになるだろう。

俺はこれら経済活動に対し、制限を加えるつもりはない。むしろ、大歓迎だ。

公国の時も商会の人たちとはいろいろな施策を練ったなあ。商業組合とは内需喚起の施策を文官と共に三日三晩缶詰討論したり……あれはもう二度とやりたくねえ。

今はまだ街建築初期段階で何もルールが定まっていない。

カンパーランド辺境国として成り立つためには、法整備と官僚（文官）は最低限必要だ。

法整備とか頭が痛くなるが、やっとかないと悪いことをした人を裁くこともできない。法をしかねば、何もかも為政者や被害者の感情で決められてしまうからな。

それが悪いことなのかいいことなのか議論の余地はあるけど、俺はあまり好きではない。

人の感情というものは移ろいやすいものだ。それに感情で決めたとなれば、あの時の感情は果たして正しかったのだろうかって、裁いた人個人に全《すべ》てのしかかってしまう。

個人的な考えで申し訳ないが、国というものは組織である。だから、感情ではなくルールに基づいて判断した方がより多くの人と共有できるはず。

となれば法をしくことで、誰《だれ》がという個人ではなく、法解釈を行う法務官という集団によって判断を行うことができるんだ。

国家とは一代で終わるものではないから、感情で裁くより何かとやりやすい。

ごめん、いろいろややこしいことを述べたけど、一言でいうと、個人に頼るとなったらいつまで経《た》ってもブラックワークから逃れられないだろ？

俺は隠居したいのだ。これに尽きる。

「次、警備状況はどうだ？」

「警備は俺から報告させてもらうぜ」

「頼む」

右手をあげたバルトロは、困ったように眉《まゆ》をしかめふうと息を吐く。

何か不測の事態が起こっているのか？

しかし、彼から出た一言は真逆だった。

「小競り合い一つないぜ。今後流民や旅人、旅商人なんて一時的に街へ留まる奴《やつ》が出てくりゃ変わってくるとは思うが」

「いいことだけど、さざ波一つたたないってのも意外だな」

「おう。全員、ヨシュア様を主と仰ぎ、一丸となって働いているぜ」

「あ、うん。モンスターや猛獣といった外敵の恐れもあるからな。外壁工事はまだまだ先になりそうだから」

「あいよ。俺たちで物見を作っちゃってもいいか？」

「大工の手伝いがなくてもいけそうか？」

「なあに、元軍人や冒険者もいる。見栄えを気にしなきゃいけるぜ」

ニヤリと笑みを浮かべ無精ひげに手をあてるバルトロ。

警備はしばらくの間、人員増強の必要はなさそうだな。

よし、ならば。

「バルトロ、以前何度かやってもらっていたが、採集・狩猟チームを抽出してもらえるか？　しばらくはバルトロが率いてくれ」

「分かった。警備の方はどうする？」

「交替でやってもらっていたけど、ルンベルクに警備も統括してもらう。ルンベルクには住宅の方も見てもらっているけど、そこはポールもつけるし、警備の方も誰か頭となる人が欲しいな。誰か適任はいるか？　バルトロ」

「ガルーガかリッチモンドさんのどっちかかなあ」

ポールという頼りになる大工の棟梁がいるから、ルンベルクに警備の方にまで手を回してもらえる。

警備主任がいれば、彼もバルトロももっと自由に動いてもらうことができるってわけだ。

ガルーガってこの前一緒に来てくれた豹頭《ひょう》の武人ぽい人だよな。彼は口下手《くちべた》そうで、人を率いることがあまり好きそうに見えなかった。

俺からのお願いってことで引き受けてもらったとしても、本来の気質と異なる仕事をやるとストレスになるだろうし、仕事の効率もよくはならないだろう。

彼にはバルトロと共に狩猟に出てもらった方がいい。元冒険者と言っていたし、大自然と共に在る方が彼に向いているはず。

となると……もう一人のリッチモンドはどうなんだろうか。

うーん、彼のことを俺は知らないからなあ。一度会ってみるかな。

「リッチモンド卿《きょう》……」

首を捻《ひね》っていたら、ルンベルクのボソリと呟《つぶや》く声が聞こえた。

「ルンベルク。リッチモンドさん？　には会ってないのかな？」

「はい。お会いしてはおりません。把握しておらず、申し訳ありません」

「いやいや、領民全員を把握するなんて不可能だ。別に咎《とが》められることじゃあない」

「ルンベルクの旦那《だんな》。リッチモンドさんと知り合いなのか？　あの旦那は昨日《きのう》夕刻に到着した人だぜ。知らなくて当然だ」

頭を下げるルンベルクに俺とバルトロの言葉が重なる。

なるほどな。バルトロが言うように昨日夕刻ならルンベルクと会っていなくても不思議じゃない。

警備の詰め所に行ったときも入れ替わりで面倒を見ていたようだし、バルトロのターンだったらその日は夕暮れでそのまま終了だものな。

「バルトロ。リッチモンドさんてどんな感じの人だった？」

「んー。俺が言うのもなんだが、風変わりな格好をしていたぞ。『声色から』壮年だとは思う」

「へえ。そいつは少し興味が湧《わ》いてきた。明日、呼んでもらえるか？」

「あいよ」

あのバルトロが風変わりと言うんだ。一体どんな格好をしているんだろう。

怖いもの見たさから、彼を呼んでしまった。いやいや、バルトロが名前を出した人物なんだ。きっと警備を任せるに足る人に違いない。

「ルンベルク。ルンベルクの知るリッチモンドさんだったらいいな」

「滅相もございません。場を乱し、失礼いたしました」

フォローするつもりが、逆に恐縮させてしまったようだ。すまん、ルンベルク。

心の中で彼に謝罪し、次の議論に移ることにした。

「エリー、アルル。農業と広場の様子はどうだ？」

「広場ですか。広場は毎朝、領民が集まるようになっております。素敵な光景です！」

ふんすと立ち上がったエリーが、頬《ほお》を桜色に染め潤んだ瞳《ひとみ》で力強く言葉を返す。

恍惚《こうこつ》として、ちょっと怖い……。

聞くのは農業だけに留めておくんだった。

いや、俺だって触れたくなかったよ。だけど、エリー、アルル、トーレが誠心誠意心を込めて作ってくれたんだものな……あの貧弱な石像を。

なので、無下にするわけにもいかなかったわけだが、俺は仏像じゃないんだから参拝とか勘弁して欲しい。

「広場はそれくらいで。十分に伝わったから」

「はい！　私も毎朝、参じるようにしております！」

やべえ、こいつは放置しておいてもずっと喋《しゃべ》り続けるやつだ。

こういう時はとっとと話題を変えるに限る。

右手をあげ、機先を制して口を開く。

「……農業の様子はどうだ？」

「順調です。井戸も複数掘りましたので、水やりの心配もなくなりました。キャッサバ以外の作物も植え付けを始めております」

「開墾は大変な作業だからな。農地に水路を通そうと思っているんだ」

「ヨシュア様！　もうそこまで計画が進んでおられるのですか！」

「街の計画は以前会話した通り。灌漑《かんがい》設備はなるべく早く進めたいところなんだけど、農地ができてしまうと後から農地を潰《つぶ》すことにもなりかねない」

「承知いたしました。水路の予定地に石灰で線を引けばよろしいのですね」

「その通りだ。畑だけをざっくりとだったけど、これからは農業だけでなく、畜産から食料品作りに至るまでやることが山積みだ」

そこで言葉を切り、じっと俺たちの会話を聞いていたシャルロッテへ目を向ける。

「シャル」

「はい。閣下！」

「話を聞いていたな？　ざっくりとした範囲すぎて申し訳ないが、食糧に関することを統括してもらいたい。バルトロらの採集と狩猟に連携し、育てることができるかどうか不明な植物が出た場合、俺に報告を。食糧自給計画の全部を任せる」

「はい。閣下！」

ふふふ。さすがワーカホリック。これだけのことを一息に頼んだというのに顔色一つ変えてないな。

だがしかし。極度の人材不足な事情を舐《な》めてもらっちゃあいけない。

「まだある。手工業も面倒を見て欲しい。技術的な後押しは俺が行う。人材の目ぼしをつけてくれ。紙とか布とか生活必需品は多岐に亘《わた》る。ランプや金属製品については、任せる人がいるから、そちらとも連携して欲しい」

「はい。閣下！　ワクワクしてまいりました」

シャルロッテは両こぶしを握り締め、目を輝かせる。

さて、シャルロッテの次はエリーとアルルだ。

「エリー。二日ほど、シャルの補佐を頼む。その後、アルルとエリーには別の仕事を任せたい」

「承知いたしました！」

「はい！」

エリーとアルルの声が重なる。

「俺は土木工事の立案から計画までを進めつつ、魔石と燃焼石が無いことに対する代替手段を模索する。二日間はアルルが俺の護衛で。その後は交替で頼む」

無言で頷《うなず》きを返す二人。

日用品にも含まれる安価な魔道具も魔石で動く。燃料は燃焼石だし……やはりこの二種が無いことは大きい。

水車の力で鍛冶《かじ》はできるようにしたものの、先が遠すぎてクラリとくる。

街のインフラも住宅がある程度整ってからではあるが、やらねばならない。

俺が特に気になっているのは汚水処理なんだよなあ……魔石があれば浄化の魔道具の力で一発解決なんだが、そうもいかない。

浄水設備を作るには下水があった方がいいし、悩ましいな。

下水工事が完了するまでの期間を考慮したら、先に浄水設備を作った方がいいかもしれない。それまでは手動で浄水設備まで汚水を運んでもらうことになるけど。

この屋敷には排水に浄化の魔道具が取り付けられているから、今のところ汚水の心配もない。それどころか、外の井戸から引き込んだ水道も出る。水道を稼働させているのは、魔道具のポンプだ。

魔道具自体を製作することは材料さえあれば可能。そのための職人も領民の中にいることだろう。ペンギン、セコイアの力を借り、魔石製造の開発を進めねばどうにもならんな。

もちろん、魔石が開発できるまでの間のことも考慮し設備を作る予定だけどね。その嚆矢《こうし》となるのがルビコン川に架かる橋だ。

「いろいろ問題は山積みだけど、一つ一つ解決して行こう。明日は長めに時間を取りたい。みんな、今日も頼んだぞ！」

「はい！」

みんなから力強い声が返ってきた。

さてと、今日も一日頑張るとするか！

まずはアルルと共に街の様子を見てからだな。その後ならペンギンも目覚めているだろうから。

◇◇◇

ルンベルクとバルトロはそれぞれ持ち場へと向かい、エリーはシャルロッテと共にまずは広場の見学に行くことになった。

「よりによって広場からかよ」と思わなくもないが、地理的なものを考慮すると中央大広場から巡るのは正しい。

「最初に街の様子を見学されるなら、同行されますか？」なんてエリーから問いかけられたけど、即拒否した。

広場に同行なんてしたら、俺の像に参拝する姿を見ることになりかねない。シャルロッテは初めてあの像を見るのだから、きっと拝む。彼女ならやる。

だから、同行してはいけないのだ。ははは。

そんなわけで残されたハウスキーパーはアルルのみ。あとはペンギンが俺のベッドでこてんと倒れているってところ。

「んじゃ、俺たちもそろそろ動くか」

「はい」

何だかアルルの元気がないな。いつもピンとしている猫耳はくたあっとなっているし、尻尾《しっぽ》にも覇気がない。

日頃《ひごろ》の疲れでも出たのかな？

「アルル、体調に問題ないか？」

「はい。大丈夫。です」

「何か悩んでいることがある？」

「いえ。アルル。元気です」

ん、朝からこんな様子だったっけ。

朝食の時、シャルロッテが参上した時……いつもの調子だった記憶だ。

なら、この会議中のことか。

あ、そうか。そういうことか！

こいつは俺の配慮が足らなかった。もちろん、考えなしに指示を出したわけじゃない。シャルロッテへの引継ぎをエリーに全《すべ》て任した。その結果、毎日交替で業務を行っていたアルルとエリーは三日間固定になったんだ。

裏を返せば、アルルではシャルロッテの引継ぎを任せるに適していないと俺が判断したとも取れる。

別に二人が交替で引継ぎ業務をやってもいいわけだからな。

「アルル。三日間護衛にしてしまったこと、説明が足りなかったな。ごめん」

「いえ！　アルルは。護衛の方が嬉《うれ》しいです！　でも、エリーが。わたしだけ」

え。ちょっと待って。俺の予想と逆だったよ！

アルルが自分が説明役を任されないことに沈んでいたのかと思いきや、自分だけ俺の護衛でエリーに悪いと思っていただなんて。

でも、彼女へきっちり説明しておくことは続けよう。

「ちょっとした考えがあってさ。俺はこの三日の内に探索にも向かうかもしれない。その際、アルルの方が鼻が利くだろ？」

「エリーもちゃんと」

「うん。それも分かっているよ。エリーには悪いのだけど、彼女は彼女で弁が立つ。だから、シャルへの説明を任せたんだ」

適材適所のつもりで二人へ仕事を振ったんだ。

ちゃんと説明すれば二人ともきっと理解してくれるはず。

アルルへ伝わったのか、彼女はにこおっとした笑顔を見せ、耳をピンと立てる。

「うん！　ヨシュア様。やっぱりとっても優しい。アルルにも。エリーにも」

「エリーにも後でちゃんとフォローしておくよ」

「はい！」

いつものように右腕をピシッと上にあげ、元気よく返事をするアルルなのであった。

よしと腰を浮かし、移動しようとしたその時、後ろからペタペタペタペタという足音が聞こえる。

立ち上がって振り向くとフリッパーを「よお」とばかりにあげたペンギンがのろのろと歩いてきていた。

『おはよう。ここにいたのかい。探したよ』

『起きたんだ。ペンギンさんが起きたのなら、先に鍛冶場へ向かおうか』

『できれば、魚を所望したい』

『なら、ちょうどいい。ルビコン川で魚を獲《と》ろう』

『助かるよ』

くるりと踵《きびす》を返したペンギンがよちよちと進んでくれるのはいいが、のろい。のろすぎる。

陸だから仕方ないんだろうけど、このペースに合わせるのは辛《つら》いな。

「ヨシュア様。わたしが抱っこしてもいいですか？」

「重たそうだけど、俺が持とうか」

「いえ。ヨシュア様。馬に」

「そうだった」

俺とアルルはペンギンを追い抜いて前に回り込む。

『アルルがペンギンさんを持ち上げてもいいかな？』

『構わないとも。鳥類は飛ぶために非常に軽量だが、ペンギンは飛べない鳥。哺乳類《ほにゅうるい》に比べれば軽い。しかし、嵩張《かさば》る。それでも哺乳類の骨と――』

何やらまた小難しいことを説明し始めたペンギンの口は開かせたままにして、アルルへ目を向ける。

「アルル」

「はい！」

しゅたっとペンギンの前で中腰になったアルルは、両手をフリッパーの下へ回し一息に持ち上げた。

「見た目の割には軽い。です」

「それならよかった」

アルルはペンギンを胸に抱き、そのまま歩き始める。

俺も彼女の横に並び、屋敷を後にした。

◇◇◇

鍛冶場の前でアルルに魚を獲ってもらうように頼み、ペンギンも彼女に同行させる。

「先に鍛冶場に行っておくよ」

「はい！　ちゃんとおさかなを。お任せください」

アルルはペンギンを川岸で降ろし、んんんと伸びをした。

「あ、アルル。釣り具は適当に」

「手で掴《つか》むから。大丈夫です！」

え、えええ。

うんしょっとストレッチが終わったらしいアルルは、おもむろに上着に手をかける。

「アルル！　水は深くないから」

「はい！」

もしかして全部脱ごうとしたのかと思って、念のために声をかけておいた。

後は彼女にお任せして俺は鍛冶場に行くとしよう。

ガチャリ——。
入口の扉を開けると、セコイアとガラムの弟子の少年……確か名前はネイサンだっけか。二人が何やら囁《ささや》き合っている。

セコイアは呆《あき》れたように、少年は困ったようにしているけど、何かあったのかな？

「おお、ヨシュア。待っておったぞ」

すぐに俺の方へ目を向けたセコイアが狐耳《きつね》をぴこぴこさせ右手を振る。

「ガラムとトーレは？」

「奥におるぞ。朝から鍛冶をしておったのじゃが」

何やらセコイアの歯切れが悪い。

「二人がどうかしたのか？」

「ぐったりとして動きが止まっておる」

「マジか。あれほどみなぎっていた感じだったのに、一体全体どうしたんだ？」

「トーレはそれほどでもないのじゃが。ガラムがのお」

「聞くより見た方がはやいな」

「そうじゃの」

二人の様子をさっそく見てみたら、セコイアの言う通りぐでえっとなっていた。

ガラムの方が。

「……よお。ヨシュアの」

「元気がないじゃないか。体調不良なら寝ていた方がいいぞ」

「……酒が……残り少なくての……制限しておるんじゃ……」

「酒かよ！」

「何を言うか！　酒が無いというのはドワーフに『死ね』と言っているようなものじゃぞ！」

すんごい剣幕だな。おい。

酒かあ。そういやいつもビールを飲んでいたものな。

ビールの原料って大麦だっけ？　大麦をすぐに作ることは難しそうだ。

種を持ってきている領民はいるだろうけど、この地で大麦が育つのか「植物鑑定」してみないとだな。

「そうだ。以前からやろうと思ってたことがあったんだった」

「ほう？」

「酒のことだぞ。建築の話じゃあない」

「ほおおおお！」

うおお。

分かった。分かったから。両手で肩を揺するのは止《や》めて欲しい。

首ががっくんがっくんするだろ。

「先に言っておく。ビールをすぐにってのは難しい」

「大麦の種は持ってきておるぞ」

「抜け目ないな……それは、畑でも作って育てて……酒であれば何でもいいか？」

「そうじゃの。アルコールが含まれておるのなら、この際文句は言わん」

ガラムは腕を組み、うむうむと頷《うなず》く。

横でずっと話を聞いていたトーレも長い髭《ひげ》を指でこすりピクリと眉《まゆ》を動かす。

酒は人類が文明を獲得したころから存在すると言われる。

仕組みはとても簡単で、糖分が発酵してエチルアルコールへと変化することで酒になるんだ。

古くは猿が岩の窪《くぼ》みなどに溜《た》めた果実が発酵して酒になったとか、クマなんかが破壊したハチの巣に溜まった雨水が発酵して、など逸話がある。

とまあ、自然界で放置されたものが酒に転じるくらいだから、糖分をエチルアルコールに変化させることは簡単だ。

作ることは簡単だけど、味やアルコール濃度を考えるとなかなかもって難しくなる。

俺は殆《ほとん》ど酒を飲まない。飲んでもビールか葡萄《ぶどう》酒を少々ってところ。

なので、味の良し悪《あ》しが分からない！

しかしそこはほら、ここに大酒飲みがいるじゃないか。

酒を切望しているし、味見なら喜んでやるだろう。

そして俺は、素材に当たりはつけている。

「ガラム。ブドウじゃあないけど、よい感じの果実があるんだ」

「ほおお！」

「グアバといってな。とっても酸っぱいんだけど、葡萄酒だって酒にするブドウは酸っぱいだろ」

「うむ。グアバとやらはどこに？」

「その辺になっているはず。いずれグアバ果樹園でも作ればよいんじゃないかな。この地で自生しているものだから、気候条件が合っているはずだし」

「ふむ。植林、挿し木など農家と相談するかのお。さしあたっては採集してくればよいのじゃな」

「うん。それはバルトロら採集チームに任せよう。育てるのに必要だろうから、苗木もとってきてもらって」

「楽しみだのおおお！　そうと決まれば、鍛冶《かじ》仕事をするとしようかの」

現金な人だ。

ん、待てよ。せっかくグアバ酒を造るのなら蒸留もできるよな？

猛然と炉から取り出した鉄を叩《たた》き始めたガラム……へ問いかけるのは憚《はばか》られる。

ならば、トーレに。

俺の視線に気が付いたトーレが先んじて口を開く。

「何ですかな？　ヨシュア坊ちゃん」

「酒樽《さかだる》を作るなら、ついでだから蒸留設備も作ってしまえないかな？」

「問題ないですぞ。ノームの某《それがし》はドワーフほどではないですが、酒を欠かしませんからな。その辺りは種族柄、皆詳しいのです」

「そっか。一部を極限までアルコール濃度をあげて欲しいんだ」

「また何やら面白いことをやろうとしているのですな！」

「大したことじゃあないよ。消毒液として使おうと思ってね。傷にはポーションがあるけど、消毒液があって困るものじゃあないから」

「ふむふむふむ。作るのは構いませんぞ。ですが、ですが」

「分かった。完成した暁には消毒液と傷について説明をする。これでいいか?」

「ふぉふぉふぉ。さすがヨシュア坊ちゃん。某のことをよく分かっておられる」

この世界では消毒の概念がない。

消毒を行えば破傷風といった怖い感染症の予防に効果を発揮するのだが、魔法とポーションがあれば事足りるのだ。

日本にある薬での傷口の治療に比べ、魔法とポーションは格段に優れている。ぱっくりとあいた二センチくらいの傷でも、ポーションをぬりぬりしたらものの十分程度で塞《ふさ》がっちゃうのだ。それも表面だけじゃあなく、きちんと中の組織を含めて。

最初に現場を見た時はビックリしてひっくり返りそうになってしまった。こと外科治療に関しては、日本よりこっちの世界の方が優れていると思う。

もちろんモノにもよるんだけどね。

だけど、消毒液は無いよりあった方がよいだろう。科学的なことにも使えるからな。

「トーレ、ガラム。後で工事の計画について話をしてもいいか?」

「もちろんですぞ。すぐにでもよいですぞ!」

「先にセコイアと電気について詰めてくる」

「承知です」

トーレはすぐにでも話したいのだろうけど、ガラムは鍛冶仕事を始めてしまったし途中で手を止めさせるのはいただけない。

いや、彼からしたら土木工事の方が興味を持っているので、乗ってくるとは思うけど、鍛冶仕事の完了を待っている人がいる。

その人のためにも、先に鍛冶仕事をこなして欲しいんだ。

それに窓の外に魚の尻尾《しっぽ》を嘴《くちばし》の先から出したペンギンがアルルに抱えられている姿が見えたからな。

間もなく彼女らがここへやってくることだろう。

◇◇◇

鍛冶場の一室でペンギン先生によるバッテリー講座が始まった。

出席者はセコイア、アルル、そして俺だ。

ペンギンがテーブルの上に乗り、俺たちがそれを囲むというなんとも間抜けな光景であるが、みんな真剣そのもの。

いや、アルルはにこにこして話を右から左って感じではあるけど。

そもそもペンギンの言葉はアルルには理解できないし、仕方ない。彼女にとって暇を持て余すだろうけど、しばらく我慢してもらうことにしよう。

セコイアは例の魔法でペンギンと直接繋《つな》がっているので発声した言語は理解できずとも、ペンギンが何を言わんとしているのかは理解できる。

『バッテリー……再充電可能な蓄電池という概念でよかったかな？　ヨシュア君』

『うん。考えているのはバッテリーの容器の中に素材を入れて魔石にならないかってことだ』

『ふむ。容器はプラスチックといきたいところだが、ガラス容器でいこう。電極は鉛。溶液は希硫酸。電線は銅に絶縁樹脂であるスツーカの樹脂でよかったかな？』

『うん。そうか、鉛に希硫酸が必要だったのか』

『準備できそうなのかい？』

んー。

鉛は以前集めた鉱物リストの中にあったかもしれない。鉛も鉛だけの鉱石が採掘されることはまずない。

多くは硫化物として存在し、ニッケルや鉄なんかと混じっていることも。

拾った鉱石を調べ直せば、おそらく鉛を含んだ鉱石はあるはず。

『鉛は以前沢山集めたサンプル鉱石があるから、その中に含まれているかセコイアと共に調べてもらえるか？』

『承った。硫酸はどうするかね？』

『硫酸は……想像がつかないけど、どうやって作るのだっけ？』

『作るとすれば、硫黄《いおう》と硝石がよいだろう。硫黄は硫化物から採取も可能だ。それほど希少な物質でもないから、硫黄の心配はないと思われる』

『硝石かあ。探しに行くか』

『苦労するかもしれないが、硫黄と硝石は黒色火薬の材料ともなる。もっとも、黒色火薬を作製するつもりはないがね』

『火薬は今のところすぐに必要なものじゃあないな』

『鉱物の調査はこちらで進めよう。硝石……硝酸カリウムは水溶性だ。土壌にあれば植物が根から吸収する必須《ひっす》元素でもある。微量ならばどこにでも含まれている』

『となると、乾燥地帯か。あれだっけ、排せつ物を分解して硝酸カリウムになったりするんだっけ』

『そうだね。過去、「硝石丘法」などといった生産方法があったが、実践するに相当時間がかかるしノウハウもない。できれば、硝石の鉱脈を発見してもらいたいところだ』

『分かった。当たりをつけて探してみるよ。あと二つ、ペンギンさんとセコイアに相談したいことがある。すぐにってわけにはいかないだろうけど』

　ここで言葉を切り、指を二本立てる。

『一つは以前から探索しているゴムのことだ。これは硝石を探す時に引き続き探索する』

『ゴムとは中々いいところに目を付けたものだね。利用用途が広い。窓枠から車輪、使いどころは多岐に亘る』

『うん。だから見つけたいんだ。もう一つは、浄化設備を構築したい』

『汚水の処理かね。確かにそれは急務だね。ならば、私の方で攪拌《かくはん》する何かの開発も行おう』

『なるほど。そいつは、助かる。むぐうう』

な、なんだよ。

いきなり前からセコイアに口を塞がれてしまった。

机の上に乗り出した時にペンギンの方もむぎゅうされていたようだ。

「ヨシュア。宗次郎《そうじろう》と二人で秘密の話とはつれないのじゃ」

「あ、すまん。勝手に進めてしまってたな。簡単に仕組みを解説するよ」

黒板に書いて説明しようと思ったけど、「簡単に」で済まなくなる可能性が高い。

だったら口頭で説明してしまおう。セコイアなら理解してくれるさ。

いや、待てよ。せっかくだし。

「アルル」

「はい！」

「せっかくだからアルルにも参加してもらう」

「わたし、あまり」

「ううん。知識がないことを前提に浄化槽を設置・管理する人にも説明をしなきゃならないから。そっちの方が都合がいいんだ」

「うん！」

コクコクと首と猫耳を動かすアルルへ微笑《ほほえ》みかける。

「小さな池を想像してみてくれ。池には魚がいて、水草が繁茂している」

アルル、セコイアへ順に目を向け、彼女らが頷くのを待ってから説明を続ける。

「魚が水草を食べて、フンをする。そいつは水に溶けて分解されるのな。そして、フンが栄養となり水草が成長する」

「ふむ。自然の摂理というわけか」

顎《あご》に手を当てたセコイアが八重歯を見せた。

「うん。それでな。フンを分解するのも実は自然に分解しているわけじゃなくて、目に見えない小さな生き物が食事をしているんだ」

「おお。そのような仕組みがあったのじゃな」

一旦《いったん》ここで言葉を切り、セコイアとアルルへ交互に目をやる。

「さて、これを汚水に置き換えてみよう。汚水もフンと同じものだから、小さな生物の食事になる。分解され土に還《かえ》るのな」

「ふむふむ。む。小さな生き物ということは、魚と同じように呼吸をするのかの？」

「その通り！　汚水は大量の餌だと思ってくれ。大量の餌を食べさせるくらいに小さな生物を増やそうとしたら、それだけ呼吸するための空気が必要になるんだ」

「理屈は分かった。そいつは水を攪拌させることに繋がるのじゃな」

さすがセコイア。察しがいい。

汚水（有機物）を微生物の働きで分解する。その際に微生物が消費する酸素を補うために曝気《ばっき》……水槽に入っているブクブクみたいなポンプで酸素を大量に送り込む。

そうすることで微生物による汚水の分解が進むってわけだ。

汚水の分解が完了した後は曝気を止めると、泥となって地面に沈み込む。こいつは豊富に分解できる微生物を含む泥だ。

次回に汚水を分解する時に汚泥ごと爆気することで、さらなる分解が期待できる。

溜《た》まり過ぎた泥は肥料として畑に回すなどしてリサイクルすれば、効率もよいのだ。泥には大量の硝酸塩が含まれているからな。いい肥料になる。

「アルル。どうだろう？」

「うーん。小さな生物さん、モグモグして、水が綺麗《きれい》になる？」

「そうそう。それで、小さな生物が呼吸するための道具をペンギンさんが開発してくれるって話なんだ」

「うん！」

セコイアはもちろんアルルの理解も進んだようでなにより。

仕組みを理解してくれたはいいけど、最大の問題はペンギンが曝気装置を作ることができるのかだな。

『いい説明だね。枝葉末節をバッサリと。それでいて仕組みを理解できるように』

『あれ、聞いていたの？』

『セコイアくんが君の言葉を頭の中で反芻《はんすう》してくれたからね。なあに電気もあるんだ。要は浄化槽をかき混ぜればよいんだよ』

『水車や蒸気でもやれないことは無いと思う。案がまとまったら教えてもらえるかな？』

『もちろんだとも。いやあ、研究すべきことが沢山あって、中々楽しいものだね』

『そ、そうかな』

『そうだとも。特にこの世界にしかない術理には興奮を覚えるよ。マナだったかな――』

あ、また熱く語り始めてしまった。

この分だとペンギンが何とかしてくれそうだし、ここは彼に任せて俺は俺で素材探しをするとしようか。

◇◇◇

セコイアはどちらにするか最後まで迷っていたが、結局ペンギンと一緒に採取した鉱石サンプルを調査することになった。

そんなわけで俺はアルルと共に馬に乗り、オラクルの南部へと繰り出すことにしたんだ。

バルトロから聞いていた通り、南部には荒涼とした大地が広がっていて剥《む》きだしの赤茶けた大地が一望できる。

ポツポツと低木や雑草が生えているが、植生が豊かではないことは明らかだ。

街の東部は豊かな森が広がっているのに、こちらは随分と風景が変わるのだなあ。ルビコン川の北に高い山脈が連なっているけど、あれが気候へ大きな影響を及ぼしているのかな。

といっても、地球と同じ感覚で植生を捉《とら》えると痛いしっぺ返しを食らいかねない。

公国とカンパーランドの境目はハッキリとしていないけど、境界線の村から数十キロ進んだら辺境の地カンパーランドと言われている。

この数十キロの間で植生が大きく様変わりするのだ。

農業に適した草木豊富な風景から今俺がいる荒涼とした大地へと。

理由は不明。まあ、砂漠とそれ以外の地域の境界線なんて曖昧《あいまい》なものだ。

気にしても仕方ないし、そういうものだと捉えた方が分かりやすい。

「何もない。ですね」

「だなあ」

後ろから俺の腰を掴《つか》んでいるアルルが感想を漏らす。

馬を走らせつつ、赤茶けた大地を眺めるが人もいなければ動物の姿も見えない。

「生物が全くいないってわけじゃないと思う。まあ、たまたまだろ。ルビコン川へ向かう時だってイノシシに遭遇したりすることなんてないし」

「はい。気配は……ある」

「そうなのか。距離がある？」

「はい。遠くに」

「へえ。バルトロたちにこの辺りの探索をしてもらってもおもしろいかもな」

うーん。

確かに草木は少ない。グアバやらがあったことから、この調子ならサボテンとかも自生しているかもしれないな。

「ヨシュア様。硝石？　がここにあるの？」

「分からない。硝石は乾燥したところの方が存在する可能性が高いので、来てみたわけだけど……」

「濡《ぬ》れてなければいいの？」

「うん。つっても地面を無差別に掘り返したところで、なかなかうまくいきそうにないよな」

結局、片っ端から掘り返してサンプルを持ち帰り、調査するのがいいのだろうけど。

どうにか当たりをつけられないものか。

グゲッグゲッグゲ――。

空から不気味な鳴き声がした！

びくうっとなって上を見てみたら、嘴《くちばし》のえらい長い鳥がばっさばっさと飛んでいる姿が見える。

「ハゲタカみたいな鳥かなあ。あれ」

「食べる？」

「あれ、俺たちを襲ってくるの⁉」

「ううん。アルルたちが、食べる？　ヨシュア様。鳥肉は好き？」

「あ、いや、今はいいかな……」

しれっと怖いことを言うものだから、ビックリしたよ。

ん。鳥。鳥か。

「一つ、思い浮かんだことがある。確か西に大地が割れたような崖《がけ》があるって」

「ん？」

ひょっとしたら、そこに硝石があるかもしれない。

第四章　絶壁ピクニックでひゅんとした

来たのはいいが、こいつは思った以上に崖です。本当に見事な崖ですぞおお。

と、つい心の中でトーレみたいな口調になってしまうほど、圧巻の地形だったんだよ。

大地溝帯という言葉を聞いたことがあるだろうか？　ない？　それならグランドキャニオンは知っているだろうか？

風景としてはグランドキャニオンのような岩砂漠に近い。

崖はいろんな要因でできると言われているが、大地はプレートというものが動いていてそいつがぶつかり合ったりして地震が起きたりする。

プレート同士が押し合ってうにゅーと盛り上がったものが山脈（火山噴火で盛り上がって山になることももちろんある）。

ヒマラヤ山脈なんかが、プレート同士がぶつかってうにゅーっとした典型例だ。

崖はその逆。プレート同士が離れていってめこーんとなり、ぶっつりと大地が裂ける。縦方向に裂けたものが断層と呼ばれ、崖となるんだ。

前述の大地溝帯は、大規模な断層地帯が延びる地域のこと。落差百メートルを超える断層が随所に見られる。

え？　そろそろ現実逃避をやめて戻ってこいって？

うん、そうだな。そうだよ。

大地がぱっくりと裂け、そろりそろりと下を覗《のぞ》いてみた感じ落差は三百メートルくらいありそうな雰囲気。

いや、もっと浅いのかもしれないけど底が確認できないのだ。

幅は細いところで五十メートルほど。離れているところだったら百メートル近くある。

崖の長さは数キロくらいかなあ。ちょっともう思った以上に規模が大き過ぎて度肝を抜かれていた……。

茫然《ぼうぜん》としている俺に向け、腰の後ろに手を回したアルルが下から覗き込むようにして問いかけてくる。

「ヨシュア様。どうですか？」

「あ、うん。崖の中腹か何かに横穴がないかなあと思っていたんだけど」

「アルル。探すね」

「いや、あ、うおおおお。待て、アルル！」

駆け出そうとした彼女を後ろから羽交い締めにして押しとどめた。

が、崖に飛び込んだらあかん。あかんで。マジでそのまま、真っ逆さまだぞ。

「探さないの？　ですか？」

「この高さだ。崖もほぼ垂直だし」

「ご、ごめんなさい。ヨシュア様」

アルルはしゅんとなって耳をたらんとして落ち込んだ様子。

俺はといえば彼女の体から力が抜けたので、腕の力を緩め彼女から体を離す。

「いきなり飛び出したら危ないだろ。怒ったわけじゃあないんだ」

「アルル。ヨシュア様の護衛。なのに、一人で行こうと」

あれ、なんだか話が噛《か》み合ってないような。

垂直の崖に駆け寄ろうとしたアルルを止めたわけなのだけど、彼女は何を言っているんだ？

「アルル。モンスターや猛獣の気配はしないんだよな？」

「はい。空からも無い。です」

「なら、そこまで警戒しなくても大丈夫なんじゃないのかな」

「でも、ヨシュア様を。一人にしたら、ダメです」

アルルと俺じゃあなあ。

猫族らしく柔軟でしなやかな身体《からだ》を持つアルルは、二階から飛び降りたりと本物の猫のように身軽だ。

だけど、華奢《きゃしゃ》でとてもじゃないけどモンスターの相手をできるようには見えない。

彼女には護衛の役目と伝えてはいるけど、俺は彼女に護衛としての役目を任せようとは思っていない。

ハウスキーパーの四人の手前、護衛という役柄がないと彼らがとても心配するので任せているに過ぎないのだ。

といっても、エリーかアルルに付き添ってもらって得るものは多い。

何をするにも一人より二人の方が何かと捗《はかど》るだろ？

大丈夫さ。何か大きな動物が見えた時のために、馬を常に手元に置いているのだから。

こう見えて、逃げ足には自信があるんだぜ。無理は絶対しない。逃走こそ我が美徳。

そうだそうだー。

逃げるのだー。

心の中の俺が声援を送ってたら、アルルが振り返りピンと人差し指を立てる。

「ヨシュア様！　アルル、思いついたよ！」

「ん？」

「わたしが。ヨシュア様を背負えば」

「いやいや、アルル。俺がおんぶするならともかく、アルルに背負ってもらうなんて。ほら、俺はどこも怪我《けが》なんかしてないし。馬に乗ってきたから足もガクガクしていない」

全く。セコイアか誰かから、俺が森でゼエハアと息があがっていたことを聞いたのか？

それでも彼女は諦《あきら》めていないようで、んんんーと唇を尖《とが》らせ胸の前で両手を握りしめる。

「ううう。エリーかバルトロ。連れて。うん！」

「そうだな。絶景だしみんなを連れてくるのもいいかな。ついでにセコイアに風の魔術か何かで調査ができるものか聞いてみようか」

「はい！」

ようやく納得してくれたアルルを連れ、一旦《いったん》街へ戻ることに決めた。

崖はともかくとして、この地形だったら乾燥地帯であることは間違いないし、硝石も見つかるかもしれない。

そんなわけで悪あがきではないが、その辺の地面をカツンカツンとノミで叩《たた》き、サンプル採取し持ち帰ることに。

◇◇◇

「おー。見事なもんじゃの。これほどの崖は中々お目にかかれぬぞ」

「こら、あまり寄るんじゃない。落ちたらどうするんだ」

やれやれと肩を竦《すく》める俺に対し、はしゃぐセコイア。

俺の後ろからアルルが崖を覗き込んでいる。

そうなんだ。

サンプルを鍛冶《かじ》場に届けたところ、セコイアが崖にいたく興味を持ったらしくすぐに連れていけとのたまった。

うん。

やっぱりこいつを持ってきてよかったよ。

葦《あし》を編んだロープを両手で構え、セコイアの腰に巻き付けギュッと縛る。

「縛りプレイとか。ヨシュア」

「語弊のある言い方をするんじゃあない！　さっきから危なっかしくて。落ちないように俺がロープを持っていればいいだろ」

「落ちたらどうするんじゃ？ キミの腕力ではボクを支えきれぬだろうに」

「そこは問題ない。確かに俺は二十キロを引き上げることでさえ、精一杯だろう。だけど、崖に落ちたセコイアを支えることはできる。それは、俺の体重の方がセコイアより重たいからだ」

どうだああ。

あれ、真面目《まじめ》に答えたってのに、セコイアが胡乱《うろん》な瞳《ひとみ》で俺を見つめている。

「そこはの。『大丈夫だ。俺がちゃんと引っ張り上げてやる』くらいは言ったらどうなんじゃ？」

「……正直、そこまで言い張る自信がない。アルルもいるから二人でやれば必ず持ち上がる」

「……」

あ、黙っちゃった。

仕方ねえなもう。ここはセコイアのご機嫌を取り戻すため、一計を案じようじゃあないか。

「セコイア」

「なんじゃ？」

「俺が崖に来たのは、崖に横穴がないかなと思ってのことなんだ。予想外に崖が凄《すご》すぎて断念したわけだが」

「ほう。横穴とな。硝石を探しに来ておったのだろう？」

よしよし。興味を惹《ひ》かれたな。

死んだ魚のような目だったのが、輝きを取り戻したぞ。

このまま畳みかけようではないか。

「硝石はフンなどの有機物が分解し、固まったもの、というところまではよいよな？」

「うむ。先ほど聞いたばかりじゃからの」

乗ってきた乗ってきた。

先ほどまでの態度が嘘《うそ》のように、セコイアは顎《あご》に可愛《かわい》らしい指先を当て「ふむ」と頷《うなず》く。

「それならどこにでもあるもんだと思いきや。そうでもない」

「水に溶けやすく、植物の糧となるからじゃの？」

「うん。でな。乾燥した場所ということで、ここにやってきたんだ。岩ばかりでいい感じだろ？」

「そうじゃの。気候条件は望ましいものかもしれぬ。じゃが、この広い大地の中から当たりをつけるのは中々に骨じゃな」

「俺もその結論に至った。まあ、最後はしらみつぶしにサンプル採取しかないのかもしれない。だけど、その前に確かめようと思ったのが横穴だったわけだ」

一旦ここで言葉をきり、崖とセコイアへ交互に目をやる。

この崖だ。計画は既に破綻《はたん》している……採掘なんて無理だよ。

彼女へ説明を続けようとしたが、先に結論に至ったのか彼女が目を見開きポンと俺の腰辺りを叩く。

「キミの首から上には本当に驚かされる。なるほどのお。飛竜の巣か。乾燥した大地にある横穴。雨水が流れ込むことも極僅《わず》かと推測できるというわけじゃの」

「ひ、飛竜……そんなのがいることがあるの……？　俺はほら、コウモリとか鳥とかを想像していたんだけど」

「飛竜はもう少しなだらかな崖《がけ》を好むかのお。ふむ。なるほど。コウモリか。あやつらは群れる。汚物の量は飛竜より遥《はる》かに多そうじゃの。塵《ちり》も積もればということか。さすが、ヨシュアの首から上じゃ」

褒めてくれるのは嬉《うれ》しいんだけど、ちょっとあからさま過ぎるってば。

俺の肉体が貧弱なことは否定しないが、言い方が酷《ひど》い。

思った以上に崖が切り立っていてくれてよかった。洞窟《どうくつ》に入ったら飛竜とご対面なんて、命にかかわる。

「飛竜！　ヨシュア様。飼うのですか？」

アルルが目を輝かせ尻尾《しっぽ》をパタパタさせ問いかけてきた。

「野生の飛竜って飼いならせるものなの？　帝国では飛竜を卵から育てて使役していたけど」

「レッサー種を直接使役することは難しいの」

俺の言葉にアルルではなく、セコイアが応じる。

レッサー……つまり下位種ってこと？　なら、上位種もいるのか……飛竜っていえばほらあれだろ。

体長が五〜十二メートルくらいある巨大な爬虫類《はちゆうるい》型の飛行生物だ。

俺が想像する爬虫類な飛行生物といえば、プテラノドンみたいな翼竜だ。だけど飛竜は鳥に似る翼竜と異なり、ドラゴンの体を細くしてコウモリの翼を生やしたようなモンスターだった。

一度だけ、見たことがあるんだよ。帝国から来た使者が飛竜に乗ってた。

カッコよかったなあ。

だけど、生えそろった鋭い牙《きば》とかトゲトゲのついた尾先とかがあるから、遠目で指をくわえて見ていただけだがね。

「騎乗可能な飛行生物がいれば、大きな助けにはなるけどすぐにどうこうできるもんでもないよな?」

「『雷獣』と友になろうと画策しておるキミらしくもない。飛竜の協力を得たいのならば、『束ねる者』と友になればよい」

「飛竜って群れるんだっけ……」

「家族単位で生活しておるな。じゃが、地域には飛竜らの主となる上位種がいることが多い。時に火竜や古代龍だったりすることもあるがの」

「竜種ってやつか……お近づきになりたくないかも」

「キミがこの地を統べるのじゃろう? 竜種とも親交を深めるべきじゃの」

「竜種が人間並みの知能を持ち、言葉も操るなら……後から来た俺たちは彼らに挨拶《あいさつ》しとかなきゃならんな……」

気が重い。

竜種に限らず、カンパーランドに知的生命体の集団がいたとしたら彼らと共存すべく平和的に接したい。

俺たちは後からこの地に来た集団となる。

先住者と戦いになるなんてことは避けなきゃならん。

この世界は人間以外にも様々な知的生命体がいるからなあ……種族格差も大きく、公国時代には苦労したものだ。

だけど、話せば分かる精神を持って接すれば、大概何とかなる。

今のところ、オラクル周辺では（俺たちにとって）未知の知的生命体とは遭遇していない。

あえて言うなら雷獣くらいか。

雷獣とは是非ともお友達になりたい。そして、体の仕組みを調べ……魔石製造に繋《つな》げ……ぐふふ。

わしゃわしゃわしゃとしても気持ちよさそうだし。発電までできちゃうなんて、素敵過ぎる生物だ。

「ボクに欲情するのはよいのだが、欲情するならこう、妄想じゃあなくて体を動かすのが良いぞ」

「え？　いや、別にセコイアには微塵《みじん》たりとも」

「な、なら。そこにいる猫娘か！　キ、キミの好みは猫耳じゃったのか。狐《きつね》耳じゃあないと」

「いや、そこはどっちでも……」

「そうか！　むぐうう」

飛び掛かってきたので、素早く手を前にやるとセコイアの頭をいい感じに手のひらで押さえることができた。

ははは。俺だって中々の運動神経をしているじゃあないか。

うん、まぐれだよ。言わせんな、恥ずかしい。

「アルル。視察も終わったし、戻ろうか」

「はい！　でも、ヨシュア様」

ん。

変なスイッチが入ってしまったセコイアを放置して帰宅しようと思ったのだが、アルルが迷うように尻尾をパタパタとさせ「うーん」と眉《まゆ》をひそめている。

「迷うことがあるなら、迷わず言ってくれよ」

「う、うん。ヨシュア様、探さないの？」

「探すって横穴を？」

「うん！」

「探すにしても準備がいるだろ。丈夫なロープに……いやよしんば硝石を発見したとして持ち帰るのも大変過ぎる」

「上の方なら近い？」

「ちょ、アルル」

「セコイアさん、いるから。護衛要らないよ。ヨシュア様」

そういうことじゃあなくてええ。

くるりと背を向けたアルルが真っ直《ます》ぐ崖へ向かっていく。

やべえ。まさかアルルが飛び出すとは思っておらず、彼女にはロープを巻き付けていない。

ぎゃああ。

「あ……アルルー！」

アルルが……アルルが崖へ向かってぴょーんと落ちて行ってしまった。

どうしよう、どうしよう。

ま、まだ真っ逆さまに落ちたと決まったわけじゃない。

待ってろ、アルル。絶対に助けてやるからな。

意を決し、セコイアの腰で縛ったロープをほどき始める。

彼女にロープを持ってもらって自分の腰へロープを結ぶのだ。

セコイアに引っ張り上げてもらうってのも情けない話だけど、彼女は森で俺を背負おうとしたくらいだから俺を引っ張り上げることなど造作もない……と信じる。

「まさかキミも飛び込もうと思っておるんじゃあるまいな？」

セコイアの腰のロープをようやくほどいた俺に向け彼女が呆《あき》れたようにため息をつく。

「俺じゃあ頼りないけど、そんなこと言っている場合じゃないだろ！　アルルが落ちちゃったんだぞ」

「猫娘は猫族じゃろうて。壁の登り降りなどお手の物じゃ」

彼女はほどいたばかりのロープを掴んで、俺の腰に結び直す。

「じゃ、じゃあ、アルルは無事なんだな」

「猫娘は心配ない。キミが行けば心配になる」

「……」

すんごい引っかかる言い方だな。アルル単独だったら問題ないけど、俺が行けば二次災害が起きるってのかよ。

そのためのロープだろうに。


セコイアから「心配するな」と言われても、ソワソワしてしまうのが俺である。

「やっぱり、見に行く。しっかりとロープを持っていてくれよ」

「だから待てと言うに。キミが行けば確実に落ちる。岩肌に掴《つか》まっておれぬからの」

ええい。放せ。放すのだ。

ぐいぐい後ろから引っ張ってくるセコイアを振り切ろうと体を揺する。

しかし、セコイアの掴んでいる場所が悪かった。

なんと俺のズボンがずれてきてしまう……。

何事も無かったかのようにズボンをずりずりと元の位置に戻しながら、コホンと咳《せき》を一つ。

「下を覗《のぞ》き込むだけなら落ちないいって」

「乗り出しすぎて落ちる。落ちたら猫娘がキミを助けようとするじゃろう。ロープに掴まっていたとしても」

岩壁から手を滑らせ宙吊《ちゅうづ》りになった自分が容易に想像できた。

ぶら一んと揺れるロープ。それを支えるセコイアが「うおらあああ」と引っ張ると、ぬううんと一本釣りにされた魚のように宙を舞う俺。

俺にしがみつくアルルの姿まで幻視してしまった。

あ、あかんわこれ。

あちゃーと頭を抱えた俺へセコイアがしたり顔でぽんぽんと俺の腰辺りを叩《たた》く。

「のう、ヨシュアよ」

うわあ。にやにやと嫌らしい顔をしやがって。そんな顔、幼女には似合わないぞ。

「ち、ちくしょう。俺がダメなのは分かった。断腸の思いで崖《がけ》へ踏み出すことは諦《あきら》めよう。だけど、アルルが心配なのはどうにもこうにもできん」

「ヨシュア様！　アルル、呼んだ？」

「ぬお。アルル！」

アルルが崖から顔だけを出し、ぴこぴこと耳を動かす。

「あ」

顔が崖下に消えた。

や、やべえと思う暇もなく、アルルのしなやかな脚が翻り、宙がえりをした彼女は地面にしゅたっと着地する。

今日は薄紫か。

何がとは言わないが。

あれ、俺、結構余裕ある感じ？　呑気《のんき》に人の下着をチェックしているのだから……。

いやいや、そんなわけないぞ。自分が落ちることなんて想像もできないほど焦っていて、崖下に行こうとしたほどなんだからな。

「見たじゃろ？」

「いやいや、見てない見てないさ。ってセコイアか」

ドキッとしただろうに。

アルルから咎《とが》められたのかと思ったよ。

ぶすーっと頬《ほお》を膨らましたセコイアが何を思ったのか、自分のスカートに手をかける。

しかし、もじもじとして頬を朱に染めたままそれ以上手が動くことは無かった。

紳士な俺は無言で彼女の手に自分の手を重ね、首を左右に振る。

「ヨシュア？」

「恥ずかしいのに無理して対抗しなくてもいいだろ」

「たまには男らしい言葉も吐くのじゃの」

「ははは。俺はいつも男らしいのさ。ふふん」

良かった。言い方を変えて。

もう少しで、「別にセコイアのパンツなんて見たくねえ」と言いそうになった。

って、狐耳と戯《たわむ》れている場合じゃねえ。

「アルル。心配したんだぞ」

「わたし。平気です。猫族だから」

にまーと満面の笑みを浮かべたアルルがスカートの端を両手の指先で摘《つ》まみお辞儀をする。

「それでも、やっぱり崖の下なんかにいきなり行かれたら、俺は見にもいけないしさ」

「ごめんなさい。ヨシュア様」

「いや、一言断ってから動いてくれたらいいだけだから。無事でよかった」

「うん！　ヨシュア様。あのね。アルル」

「焦らずゆっくりでいいんだ。急いで喋《しゃべ》る必要なんてないんだぞ。あと、言葉遣いだって気にする必要なんてない。喋りやすいのが一番伝わるからさ」

「はい！　上の方に一つ。下の方に二つ。洞窟《どうくつ》？　穴？　があったよ！」

「お、おお！　すごいじゃないか、アルル」

「えへへ」

あ、俺も甘いな、もう。

アルルに「無謀なことを止《や》めて欲しい」と諭したつもりが、手のひらを返したように褒めちゃったよ。

「ヨシュア、猫娘。洞穴に行ってみようではないか」

横で静かに俺とアルルの会話を聞いていたセコイアが唐突に宣言する。

「いやいや待て。猫族のアルルならば横穴まで行くことができるだろう。だけど、セコイア……はともかく俺は無理だろ？　さっきセコイアもそう言ったじゃないか」

我、身の程を知る、だ。

セコイアはなんかこう、長年生きている妖狐《ようこ》？　だし、いろいろ魔法で何とかしてしまいそうだ。しかし、俺は違う。セコイアに諭され、ようやく理解した……いや思い知らされた。俺に岩壁を伝って降りることなど不可能なんだってな。

ははは。伊達《だて》に懸垂が一回もできないわけじゃあないぞ。

俺の貧弱さは相当なものだ。

「問題ない。これがあるじゃろ」

セコイアは先ほど俺が持たせたロープをくいくいっとこちらに見せつける。

「いやいや、待て。すとーんと落ちるだけだって」

「キミにしては頭が回っておらぬのお。自分が岩壁を伝って降りられないことで思考停止しておるのか？　横穴は行き止まりとは限らぬじゃろ？」

「……意図は分かった。確かに行ってみる価値はある」

「じゃろ？」

セコイアの意図は分かったし、理にかなっていることも理解できる。

壁に穴ができているってことは、長い時間をかけたか唐突に地震やらで開いたか、大型の生物か何かの影響か、その辺りだ。

長い時間をかけた、またはプレートテクトニクスの影響で地形に変化が生じた、のどちらかであれば横穴が地上のどこかに繋《つな》がっている可能性も高い。

長い時間の例としては「水の浸食」とかさ。

だけど、それとこれとは別だ。

「落ちるから、それ以前の問題だろ？」

「キミが単独なら、百回やっても百回落ちるじゃろうな。それも一メートルも降りる前に」

「いくらなんでも、もう少し行けるだろ！」

「無理じゃ。一メートルでも盛り過ぎたと思っておる」

「……いくらなんでも、いや、せめて、二歩くらいは」

「そこでプルプルと腕にきて、そのままストーンじゃろ」

「……まあ、間違ってない。ダメだってことをちゃんと分かっているじゃないか。ははは」

「キミ一人ならの。ここには猫娘とボクがいる。そして、ロープもある」

え、ちょっと。待って。

タラリと額から汗が流れ落ちる。俺の態度なんて構いもせず、セコイアがぐいっとロープを引っ張った。

ロープは俺の腰に巻き付けたままである。で、あるからしてロープに俺の腰が引っ張られ、次の瞬間、俺の体が浮き上がってストンと彼女の小さな体に吸い込まれた。

抱きっと俺の腰に手を回したセコイアはひょいっと俺を持ち上げる。そのまま彼女は俺の体を背負ってしまった。

「猫娘。縛るのじゃ」

「ヨシュア様は。わたしが」

「キミに先導してもらわねばならぬじゃろ？」

「うー」

あっさりとセコイアに説得されたアルルが、セコイアの手に握られたロープの端を俺の体ごとセコイアの腰に巻き付けぎゅーっと縛る。

ロープの様子を確かめるように小さな指先でそれを撫《な》でたセコイアがうむうむと納得したように頷《うなず》く。

「さて、行くぞ。ヨシュア」

「え、えええ……」

「ボクと猫娘しか見ておらぬ。誰《だれ》にも言わんよ。のう、アルル？」

「はい！　お口チャック！」

アルルは口元に指先を当て、ぶんぶんと首を横に振った。

あ、あああ。持ち上げられるうう。

ぐううおお。いきなり行くのか、行くのかああ。

「おううううおおお。高い高い高い」

「黙っとれ。気が散る」

セコイアにしっしとされ呆れられたが、下が見える、見えるんだ。

ひゅんとする。どことは言わないがひゅんとして縮みあがるううおう。

◇◇◇

「あっち」

「ふむ。存外すぐじゃな」

岩壁から片手を離し方向を示すアルルだったが、半分体が浮いてるぞ。

危ないったらありゃしない。日本時代に見たとある動画を思い出してしまった。

その動画とは、超高層マンションのベランダの手すりを歩く猫のものだ。ふらふらと歩いて、落ちそうになりハラハラしたものだ。

当の猫本人は涼しい顔をして尻尾《しっぽ》をピンと立てていたけどさ。

セコイアはアルルと違ってしっかりと壁を掴み、顎《あご》だけを下に向け場所を確認しているようだったがすぐに顔を前に向けた。

彼女はアルルみたいな、アクロバティックな動きはしないようだ。少し安心した……。

そんなことされたら、下手《へた》しなくても気絶する自信がある。

今だってほら……下を見ていないというのに冷や汗が流れ落ちるのが止まらない。

「は、はやくうう」

悲痛な俺の叫びが虚《むな》しく崖にこだまする。

「黙っておれ。落ちるぞ」

「ひいいい」

単なる脅しなのかもしれない。もしかしたら、セコイアにとって軽い冗談だったかもしれないけど、俺にとっては切実である。

やめってえ、体を揺すらないでええ。

あ、下が見えちゃった。

底まで光が届いてないじゃねえかあああ。な、なにこれええ。

深淵《しんえん》なる闇《やみ》の入口に、俺の意識が限界を迎える。

かゆ、うま……。


「ちゅー？」

「そうじゃ。こういう時は接吻《せっぷん》で目覚めるのが常というものじゃ」

「アルル。ちゅーする」

「待てい。ボクがするに決まっておるじゃろう」

「セコイアさん、さっきから、そう言って」

「ボ、ボクもたまには恥じらいを覚える時もあるのじゃ」

「アルル。ちゅーするよ？」

「猫娘には恥じらいってものがないのじゃな……」

「ヨシュア様のため。なら、アルルは躊躇《ちゅうちょ》しない。どんな相手だって、アルルが護《まも》ってみせるよ」

う、うーん。

何やら話し声が聞こえるが、どこだここは。

後頭部にだけ柔らかさを感じる。他は岩肌かな、ゴツゴツとした地面でちくちくする。

目を開くと、セコイアの顔がドアップだった。

思わずのけぞると、自分がアルルに膝枕《ひざまくら》されていたことが分かる。

「ヨシュア様。ちゅー要らない？」

「ちゅー？　よく分からんけど、何だか顔がぬとぬとしてる。俺、カエルか何かにぱっくんされてしまってた？」

「ううん。セコイアさんが」

「え、えええ……」

頬《ほお》についた謎の粘液を拭《ぬぐ》い、そっぽを向くセコイアへ目を向けた。

ベタベタの手でセコイアの肩を掴《つか》み、くるりとこちらに向くようにひっくり返す。

「な、何じゃ？」

「アルルに変なことを吹き込んだんじゃないだろうな？」

「何もしておらん」

「それならいいんだ。ここは、横穴の入口なのか？」

「うむ」

ルンベルク特製の絹のハンカチを懐から取り出し、顔をふきふきしながら周囲の様子を確かめる。

ここは入口から十メートルほど進んだ辺りか？　外から差し込む光が奥の暗さも相まってとても眩《まぶ》しく思える。

洞窟の高さは五メートルほどで、横幅も四メートルを超えるってところか。なかなか広いんじゃないかな。

周囲に大きな生物はいない様子。

光が届かないところまで行くと、コウモリがわんさか壁にはりついているかもしれない。

噂《うわさ》の飛竜とやらも、このサイズの洞窟だったら侵入できない……と思う。たぶん、きっと。

セコイアは飛竜はいないと言っていた気がしなくもないけど、不安なものは不安なんだよね。

「今更だけど、一つ大きな問題に気が付いた」

「ほう？」

「奥に進んだら何も見えなくなる。ランタンなんて持っていないし」

「そうじゃの。そこはほれ、魔法じゃ」

「アルルは。見えるよ」

俺の不安に対し、セコイアは「任せろ」とばかりに小さな胸を張る。

アルルはアルルで自分の目を両手で指さしにこおと微笑《ほほえ》んだ。

「ほれ、こっちに寄るがよい」

「うん」

セコイアに寄るや否や、腕をむんずと掴まれて手の甲にむちゅーっとされた。

「すげえ。魔法ってすげえな」

「ふふん。ボクの力があれば、暗闇《くらやみ》なぞ無いも同然じゃ」

これには手放しでセコイアを称賛せざるを得ない。

見える、見えるよ。洞窟《どうくつ》の奥がハッキリと。

といっても、明るいところとは見え方が違う。暗視スコープで見た映像とでも言えばいいのか。

色の違いが識別できない。でも、視界としてはこれでバッチリだ。

「アルルはそのままで見えるの？」

「はい！　わたしは猫族です。暗闇はお友達」

「猫と同じで、暗闇も見通せるってわけか」

アルルは問題なしか。

よし、ならば進もう。洞窟の奥に。

いや、その前にセコイアへ確認しておきたいことがある。

「セコイア。奥の気配を探る魔法なんてある？」

「風の流れを読めば、ある程度は分かるのじゃが。猫娘の方が適任じゃろ」

「猫族ってそんな力もあるのか……」

「あやつは……いや、まあよい」

セコイアが何か言いかけて口をつぐむ。

彼女だけが気が付いた何かがあるのだろうけど、アルル本人が何も言わないし、詮索《せんさく》するのはよしておくことにしよう。

話をしたければ、アルルから言ってくれると思うし。人のプライバシーへ干渉するのはあまりよくないと個人的に思っているから。

「アルル。奥に大型の生物がいたりするか分かる？」

「歩いて五分くらい？　のところには。何もいません」

「よっし。じゃあ、探検に繰り出すとしようか」

「おー」と右手を振り上げると、セコイアとアルルも乗ってきてくれた。

気絶したりで散々だったが、とにもかくにも洞窟探索のスタートだ。

◇◇◇

中々深いな、この洞窟。

右に折れたり左に曲がったりしたが、今のところ分かれ道はない。

これなら迷うこともないし、ラクチンだなあ。

なんて思いながら歩くこと三十分ほど。広めの空間に出る。

天井からは幾本も垂れ下がったつららのような鍾乳石《しょうにゅうせき》に、地面からも同じようにテーブルのようになった岩や地面から真《ま》っ直《す》ぐ高くまで延びた柱のような岩まで。

全体的に視界はよくない。

しかし、真っ先にアルルが何かに反応したようで、俺たちの前に立ち口元に指先を当てた。

「何かいるのか？」

囁《ささや》くように彼女へ尋ねると、言葉の代わりに頷きが返ってくる。ついでに、猫耳も一緒にぺこりとお辞儀をした。

ところがどっこい、空気を読まないロリ狐が普通の音量で喋《しゃべ》り始めてしまう。

「さすがじゃの。猫娘。こいつは中々気が付かないところじゃの」

「おいおい、もっと声を抑えた方が」

「心配ない。あやつらは完全なる待ち伏せ型じゃ。寄らなければ問題ない」

セコイアも気が付いたらしい。

前方の空間に何かいるっていうわけだよな？

うーん。

目を凝らそうと一歩踏み出したら、向かい合わせになっていたアルルにぶつかってしまった。

いや、彼女も俺と同じように前に踏み出し先回りして俺の行く手を塞《ふさ》がれたというのが正確なところだ。

「危ないです」

「お、おう」

もう進ませないと言わんばかりにアルルが俺を抱きしめてくる。

分かったから、ぎゅーっとするのをやめような。アルル。

ほら、野生児狐耳がぶすーっとしちゃったじゃないか。

「危ない」と言われてもだな。魔物の気配さえ分からぬ俺にとっては、何が危ないのかとんと分からん。

覗《のぞ》き込もうにも、張り付いたままのアルルが「んー」と背伸びして俺の視界を塞ごうとしてくるし。

「一体何が起こっているんだ?」

「ボクも交じるのじゃ」

だきーと後ろからセコイアも参戦してきた。

いや、あれだよね。

この先に危険な魔物がいるから、俺を押しとどめているんだよな?

こんな呑気《のんき》に遊んでいていいのだろうか……。

「押すなあ、押すなあ。セコイア、力が強いって」

「きゃ」

どてーんとアルルをそのまんま押し倒してしまったじゃないか！

「頭をぶつけなかったか？」

「平気です。ヨシュア様は？」

「俺は問題ない。アルルが下敷きになっちゃったから……ごめん」

無言で腰の辺りに張り付いているセコイアごと一息に立ち上がった。

勢いよく動いたため、セコイアがずるずると地面に落ちる。

「そろそろ真面目《まじめ》に動こうか」

「そ、そうじゃの。闇《やみ》に潜む敵は『ゲイザー』というモンスターじゃ」

パンパンとワザとらしく短いスカートをはたくセコイアは、素知らぬ顔で唐突に解説を始めた。

やりすぎたことを誤魔化《ごまか》そうとしているのだろうけど、まあいいや、乗っかってやろう。

ここでからかったら、また元の状態に戻りかねないからな。

「ゲイザー？　どんなモンスターなんだ？」

「目玉じゃ」

「えっと」

「目玉じゃ」

壊れたスピーカーのように繰り返しやがって。

目玉が何だってんだよ！

「ざっくりし過ぎで分かるかああ！」

「美味じゃぞ？」

「よけい訳が分からん……」

突っ込むことも疲れてきた……。セコイアめ。ワザとやってんだろ。

じと－っと見つめたら、彼女は顎《あご》に小さな指先をあてそっぽを向く。

「天井に張り付いていることが多いのお。動かずじっと待ち構えておる。あやつらは風景に溶け込むのを得意としておる」

「要は、いる場所さえ分かれば、遠距離で一撃必殺ってわけか？」

「場所が分かれば、じゃがの。正確な位置を掴むことが肝要じゃ」

「さっき、気配を感じたって言ってなかった？」

「うむ。ヨシュア。弓を」

右手を差し出しくいくいとされるが、そう言われましても。

「俺がそんなものを持っているはずが……」

「ヨシュア様。これ」

アルルが自分の腰に横向きの鞘《さや》にしまっていたナイフの柄を指さす。

「セコイア？　これでいけそうか？」

「自分でやろうとしないところは、褒めて遣わそう」

「頼む」

「うむ」

アルルの腰からナイフを抜いたセコイアが、じりじりと前へ進み。

右斜め前方にナイフを投げる。

ヒュンとナイフが奔《はし》る音が響くと同時に、奥から赤色の光が煌《きら》めき――。

あ、と思う暇もなくアルルに横から飛び掛かられた。

ゴロンと地面に転がる俺とアルル。

先ほどまで俺のいた位置はじゅうじゅうと煙があがっていた……。

あれ、熱線じゃ？

「セコイアー！」

「攻撃を察知して、ゲイザーの奴《やつ》も反撃してきおったんじゃ。すまぬの。まだまだ修行が足りん」

「倒したのか？」

「バッチリじゃ。回収して奥へ進もうではないか」

先行するセコイアの後ろをおっかなびっくり歩き、地面に転がったゲイザーとやらの元まで進む。

「なるほど。確かにこれは『目玉』としか言いようがないな」

「じゃろ？」

ゲイザーは一抱えほどの目玉だった。

人間の目玉をそのまま大きくし、上部に皮膚というか被膜みたいなものを取り付けて触手を伸ばした感じだ。

この触手で天井に張り付き、敵をじっと待ち構えるってわけか。

さっきの熱線は目玉の黒目から出たものかなあ？

「む！　危ない！　ヨシュア！」

「え？」

今度はセコイアにのしかかられる。

覆いかぶさった彼女の足先すぐそこから煙があがった。

な、何が？

ドサリ――。

地面に何かが落ちる音が響き、セコイアが俺の体から離れる。

「もう一匹いたようじゃ。こやつを仕留めたから能動的に襲ってきたのかもしれぬな」

「もう一匹って？」

「猫娘が仕留めてくれた。もう大丈夫じゃ」

「アルルが⁉」

ガバッと起き上がって、前を向いたらアルルの姿があった。

俺と目があった彼女は、てへへと頬《ほお》をかいてぺろっと舌を出す。

「目玉は。かくれんぼが上手なだけ。です。ヨシュア様」

「強くはないけど、発見が困難ってことなのか？」

「うん。アルル。暗いところ見えるから」

「そうか。助かったよ。アルル！」

彼女の手を取りブンブン上下に振って感謝を示す。

一方でセコイアは憮然《ぶぜん》とした顔で腕を組んでいた。

「猫娘……さすがにそれは……」

「ん？　どうした？　そんなぷくーと拗《す》ねなくてもいいじゃないか。アルルが頑張ったんだし、少しくらい」

「拗ねてなどおらぬわ！」

ぽかぽかと俺の腰を叩《たた》いてくるセコイアへ勝ち誇ったような笑みを浮かべていたら、本気で拗ねられてしまう。

素知らぬ顔で口笛を吹き、奥へ進むことにした。

「目玉。要らないの？」

「回収しておこうか」

目玉を回収し、今度こそ探検を再開する俺たち。


ゲイザーのいた広間からまた細い道が続き、左右へ枝分かれした場所に出た。

くんくんと鼻を揺らすアルルが右を指さし、セコイアもそれに乗っかるように「右じゃ」と告げる。

二人の意見が一致したので右手を進んで行くと、外から差し込む光が見えたんだ。

ここが出口か。

外に出る前に反対側の道を進むと、いたいたあああ！

コウモリの大群が！

フンがある辺りを避け、年季が入り岩のように見えるところを採取し出口へと向かう。

出口の前まで来たところで、アルルがピシッと右手をあげる。

「わたしが先に出ます」

「任せた」

出た所が崖《がけ》な可能性もあるから、一番身軽なアルルに任せるのが安全だろう。

間違っても俺が最初に出てはいけない。みんなに迷惑をかけてしまうからな……悲しいことに。

出口は地面から見て、煙突のように上側へぽっかりと開いていて出るには壁を伝って登らなきゃならない。

二メートルくらいの高さがあったんだけど、アルルはひょいひょいっと難なく上まで登り、外に顔を出した。

「大丈夫です！」

アルルがそのまま外に出て、穴からこちらを覗き込み、手を振る。

「よし、行こう」

「そうじゃの」

先に登ったセコイアが気が付いてしまったようだな。

「ヨシュア。紐《ひも》を垂らす。それでいけるかの？」

「たぶん」

うん。余裕で登ることができなかった。

ははは。

二人が穴から落としてくれた紐を掴《つか》んで、ようやく外まで到達することができたのだ！

外は、崖の上だったらしくちょうど俺たちが降りた場所から真後ろ数百メートルってところだった。

次からはこの穴を伝って降りれば、採掘も可能だな。うん。

穴の位置を見失わないように目印を立て、鍛冶《かじ》場に向かうことにした。

◇◇◇

鍛冶場に戻るとガラムの弟子のドワーフ二人がルビコン川に入り、何やら作業をしているのが目に入る。

ドワーフの二人は身長百五十センチくらいで丸太のような腕をしていた。二人とも髭《ひげ》もじゃで髪色は茶色とあって、俺には瓜二つ《うりふた》の双子のように見える。

彼らにつきそうように……いや、単に彼らの傍《そば》でばっしゃばっしゃとフリッパーをばたつかせているペンギンがシュールでならない。

いや、分かっているんだけどさ。あのペンギンは見た目通りじゃあないってことを。彼の頭脳はカンパーランド辺境国に福音をもたらすことは確実である。

それでも、映像だけだとドワーフ二人をペンギンが水をかけて邪魔しているようにしか見えないんだよな。

一体彼らは何をしているんだろう？

てとてと川岸まで歩いていったセコイアの尻尾《しっぽ》がピンと立っている。

あの様子からして、彼女はドワーフらの動きに興味津々といったところ。

「ヨシュア様！」

今度はトーレの弟子の青年二人と「浄化のギフト」持ちの少年ネイサンが鍛冶場から出てきた。

青年二人は人間で、うち一人が一抱えほどもある木製のギアを持ち、もう一人が鉄製の軸？　らしきものを抱えている。

「水車の軸を交換するのかな？」

「はい！」

手が空いていたネイサンに問いかけると、彼はくるくると巻いた茶髪を揺らし満面の笑みを浮かべた。

いいねえ。無邪気な少年ってやつは。

あそこにいる小学校高学年くらいの野生児は見た目だけだからな……。

視線に気が付いたのか、セコイアが首だけをこちらに向けてくる。

「なんじゃ？　ボクの尻《しり》を凝視しおってからに」

「スカートはもう少し長くしてもいいんじゃないか？　跳ねると見えるぞ」

「ッツ！」

スカートの裾《すそ》を押さえ、狐耳の毛を逆立たせるセコイア。

今更だよな、うん。

「賢者様とヨシュア様は仲がよろしいのですね！　ヨシュア様は教授のような方も連れてこられましたし、叡智《えいち》には叡智が集まるのでしょうか」

「あ、そ、そうだな」

キラキラした目で語られたら無下にはできない。

教授ってのはペンギンのことかな？

彼はまだ水をばしゃばしゃさせて遊んでおられるが……。

あれ、でも。

「セコイア。ペンギンさんは公国語を喋《しゃべ》ることができないよな？」

「カタコトならいけるんじゃないかの。あっち、そっちくらいなら、指で示せばよい」

「もうカタコトまでいけるのかよ。無駄にスペックが高いな……」

「それは、ボクと脳内で会話をしているからじゃ。どうじゃ、すごいじゃろ」

「おう。素直にすげえよ」

セコイアの魔法はともかくとして、脳内会話って言語理解の一助になる程度だろ？

発音はどうしたんだとか、不思議な点はある。その辺も脳内会話学習でカバーできるのかな？

一つ言えることは、ペンギンの学習能力が凄《すさ》まじいってことだ。

このまま水車がリニューアルされていく様子を眺めていてもいいんだけど、アルルに働いてもらいながら自分だけ休むってのもなんだか気が引ける。

彼女には魚を獲《と》りにいってもらっているんだ。水車の作業を邪魔しないよう、少しだけ上流でね。

といっても、川に入った猫耳の姿が遠目で確認できるほどの距離だ。

俺と同じかどうかは不明だけど、パーツを持っていないネイサンと目が合う。

彼は岸部から作業に加わった青年二人と作業をしていたドワーフ二人の様子を見守っている。

「ネイサン、ちょっとよいか？」

「はい！」

「急務ではないんだけど、必ず必要になるものがあるんだ。先日、素材を発見して鍛冶場の軒先に吊《つ》るしてある」

「僕に何かできることがあるんでしょうか⁉」

「察しがいいな。ネイサンにしかできないことだ」

葉っぱごと吊るしていた枝に手を伸ばし、様子を確かめてみた。

二日くらい干していただけだけど、結構乾燥するものだな。正直、作り方はよく分かっていないんだけどやるだけやってみようじゃないか。

「ネイサン、この枝はスツーカといってな、紙の原料になるものだ」

「紙の？　へえええ。木と葉っぱが紙になるんですね！」

「うんうん。公国だと製紙工場で作っているんだけどさ、魔道具をふんだんに使っている。だけど、ここには魔道具がない。魔石も……まだない」

「別のやり方で紙を作るのですか！　すごいです。ヨシュア様！」

「そこで、ネイサンの持つ浄化のギフトを役立ててもらおうと思ってさ」

「僕の？　僕のギフトが！　ありがとうございます。ヨシュア様！」

ネイサンは自分のギフトがあまり人の役に立たないと沈んだ顔をしていたからな。

そんなことはないと、あの時彼に言った。

ざっと俺が思い浮かべただけでも、紙に加えもう一つ使い道がある。

ペンギンに彼を預ければ嬉々《きき》として化学物質の抽出やらをお願いするだろうと思う。

ええっと、紙の作り方ってどうやるんだっけか。

繊維をソーダ灰を入れた水で煮込む過程だけは覚えている。

今試そうと思ったのは、先日ソーダ灰を作ることができたってのもあるのだ。

「ソーダ灰は鍛冶場の中にまだあったはず」

『ソーダ灰かね。君の精製方法がよろしくなかったので、改良を加えたよ』

「どえええええ」

腰の辺りが突然ひんやりとしたかと思ったら、ペンギンがフリッパーをペタペタと俺の腰に当てていたからだった。

さっきまで水の中にいたこともあり、フリッパーは濡《ぬ》れている。

なので、ひんやりしたってわけだ。

『何かね？　今更驚くことではないじゃないか。私がペンギンだというのは今更だろう』

『いや、水で遊んでいたと思ったら、突然後ろに立っていたからビックリしたんだよ』

『ふむ。そいつは失礼したね。何やら楽しそうなことを始めようとしたものだから、つい、ね』

『紙を作ろうと思ってさ。この葉と枝が紙にできるって鑑定結果が出たんだよ』

『鑑定結果……それは魔法につらなる術理の一種かい？　興味深いが、今は製紙のことだったね』

『ギフトと魔法との違いはよく分からない。だけどまあ、科学からしたら不思議であることは一緒だな。そして、ここにいる少年ネイサンも「浄化」というギフトを持っているんだ』

『ほおほお。そいつは興味深いね』

『作業をしながらでも会話はできる。ソーダ灰を取って来てもらえるか？　俺はお湯を沸かす』

『了解した』

ペンギンがよちよちとたどたどしい動きで鍛冶場の中に消えていった。

さって、俺は鍋《なべ》を。

「お鍋ならここにあります」

「ありがとう」

ネイサンから家庭用の土鍋《どなべ》より一回り大きなものを受け取り、川岸で水を汲《く》む。

水を汲むには、川岸で水車の様子を見ていたセコイアの横に行くことになるわけで、当たり前といえば当たり前なのだけど彼女はこれに興味を持つ。

「カガクかの？　何故《なぜ》、ボクに声をかけぬのじゃ」

「いや、真剣に水車の様子を見ていたからさ」

「そらそうじゃろう。宗次郎《そうじろう》の案で水車の機構が改良されるのじゃから」

「ん？　改良？　鉄に換装するだけじゃなく？」

「そうじゃ、ギア？　じゃったかの。こいつを変えるとか。するとじゃな、発電用の磁石がもっとクルクル回るのじゃそうじゃ」

「あああああ。そうか。こいつはすっかり……」

あちゃあ。すまん。そしてありがとうペンギン。

実のところ一度ギアを改良していたんだ。

でも発電そのものがうまくいったことに満足していて、ギアの効率にまで手を付けていなかった。差し当たり発電できさえすればいいかなって。

しかし、回る水車を見ただけで気が付いたペンギンが軸受けを鉄製に変える作業のついでに、ギアの指示も出してくれたってわけか。

俺がセコイアを迎えに行く前にはニューギアの製作作業が行われていたのだろう。

よちよちと戻ってきたペンギンだったが、フリッパーだと人間の腕と違って短いからかソーダ灰を入れた大瓶を落っことしそうな感じで危なっかしい。

フリッパーがぷるぷる震えている様子に居ても立っても居られなくなった俺は、彼に駆け寄り大瓶を自分の手で支える。

『重くはないさ。普通に持てる』

『いやでも、やっぱり指がないとなかなか大変だよな』

『そうだね。人間とはなんて便利な生き物なのだろうとこの体になって思ったよ。しかし、ペンギンにはペンギンの矜持《きょうじ》ってものがあるのさ。フリッパーは泳ぐに実に良い』

『ペンギンは水の中にいてこそだものな』

『ははは。生物学的な問題など、些細《ささい》なことだよ。私に代わって手先を動かしてくれる者がいる。君が準備してくれた環境は実に好ましい。彼ら職人には畏敬《いけい》の念を抱いているよ』

『トーレたちは本当に器用だからな。何でも作っちゃうもの』

『そうだね。お湯はどうだい？』

『いま、ぐつぐつとしているところだよ。そろそろいけそうだ』

とっとと湯を沸かしたかったので燃焼石を使っている。

そのおかげか、土鍋に入った水はぐつぐつと泡を立て始めていた。

スツーカの枝を砕いて、ちぎった葉っぱも投入。そこにペンギンが持ってきてくれたソーダ灰を加える。

匙《さじ》加減が分からないから、適当に投入した。

一応、どれくらいの分量を使ったのか頭の中に刻み込む。

書類仕事にも必要だけど、メモを取るにしたって紙は必要だ。

生きるためにというわけじゃあないけど、紙が無ければ何をするのにもこの先辛《つら》くなる。

統治機構が整うまでには紙の生産を軌道に乗せなきゃ。

セコイアとネイサンは湯気を立てる土鍋を上から覗《のぞ》きこみ、固唾《かたず》を飲《の》んで見守っている。

一方でペンギンは地面にあぐらをかく俺の隣に立って遠目から様子を窺《うかが》っているといった感じだ。

わくわくする子供を大人二人が見守るような気持ちになって、微笑《ほほえ》ましさから口角があがる。

なんだかこういうのも悪くない。

待つのは嫌いじゃあないんだ。こうノンビリした気持ちを味わえるからさ。


「ヨシュア様！　おさかなさん！　いっぱい！」

「お、ありがとう。アルル。はやいな」

弟子たちから借りた、網のようなカゴは伸縮性があり、漁業に使うビクのようだった。

このカゴは葦《あし》の茎を編み込んで作ったものらしい。ちゃっかり葦を使っているところなんて、たくましいなあと思う。

街の人も葦で作ったラグやカゴを使っていると聞く。

うんしょっとばかりにアルルは両手で抱えたビクを俺の前で降ろす。

ビクを覗き込むと中で小魚がビチビチと跳ねていた。

一匹の大きさはだいたい十五～二十センチほどで、数は優に二十匹を超える。

「素手で獲《と》ったのか？」

「うん！　エリーほどじゃないけど、アルルも。手でとれるんだよ」

「そかそか。すげえな二人とも」

よっこらせっと立ち上がり、大きく息を吸い込む。

「みんなー。アルルが魚を獲ってきてくれたから、ご飯にしよう！」

中にいるガラムとトーレだけでなく、川で作業をする弟子たちにも聞こえるよう精一杯声を張り上げた。

魚を食べ終わる頃《ころ》にはいい感じでスッーカの枝と葉も煮えているだろ。

遅すぎる昼食を終える頃には夕焼け空になっていた。

そろそろ帰宅せねばならぬ時間だが、せっかくネイサンがいるのだ。

火を止めた土鍋にはアクがたんまりと浮いていて、砂やら埃《ほこり》も多数混じっている。

浄化の仕組みが分からんな。ここは使用者に聞いてみた方がいい。

中腰になって、食べ終わってすぐに土鍋を覗き始めた少年の肩へ手を乗せる。

「ネイサン。浄化って汚れた水を綺麗《きれい》にするのだっけ」

「はい！　泥水に使うと、泥と水に分けることができます！」

「えっと、そうなると泥はどこにいくんだ？」

「浄化と念じて右手をかざすと、左手から泥が出てきます！」

つまり、右手で対象に触れるか、手のひらをかざすと、左手から不純物が出て来るのか。

不純物の指定はネイサンが行う？　いや、泥っていうのは様々な物質が混じってんだぞ。一塊にして「不純物」とはできないに違いない。

となれば、予想されるのは二つ。

一つはネイサンが頭の中でイメージしたものに近い状態に「浄化」される。彼のイメージにとって邪魔になるものは左手から排出される。

もう一つは特定の物質以外を弾《はじ》いてしまう想定だ。

この場合の泥水は、純水以外が全《すべ》て排除される形になる。

んー。後者の場合、細菌はどうなるんだとかいろいろ気になるよなあ。でもま、試してみないことには何ともいえん。

「ネイサン、土鍋に『浄化』を頼む」

「うん。えい」

ネイサンが土鍋に右手をかざすと、地面に向けた左手からゴミやらが排出されていく。

紙漉《かみす》きを行う前工程でゴミやら余計なものを取り除く作業があったと記憶している。

細かいところまで不純物を取り除くとなると、相当大変な作業になることは必至。そもそも、細かい目の布も準備できずせいぜいザル程度では不純物を取り除くのは時間をかけても不可能かもしれない。

そこを、浄化のギフトで飛び越えるというわけだ。

「素晴らしい。これ、このまま紙漉きできるんじゃないか？」

「そうじゃの。明日試してみるか」

セコイアと顔を見合わせ頷《うなず》き合う。

後は試してみないとこれ以上は何とも言えないか。

見たところ、ちゃんと繊維は土鍋の中に残っているけど、正直どの成分が取り除かれ、どの成分が残ったのかはとんと分からん。

「すごいぞ、ネイサン。君のギフトがあれば、紙漉きが一足飛びで実施できそうだぞ」

「僕も嬉《うれ》しいです！」

心の中に一抹の不安は残るものの、ネイサンのしてくれたことは大きい。

なので俺は心から彼に賞賛の声を送ったのだ。

「明日は紙漉きをやってみよう。俺は参加できないかもしれないけど、セコイアに聞きながらやってみてくれ」

「はい！」

満面の笑みで力強く返事をするネイサンに俺もセコイアもにこにこが収まらなかった。

いやあいいね。少年のこの無邪気さって（本日二回目）。

微笑ましい気持ちでいたら、興奮した様子のペンギンがフリッパーを振り上げパカンと嘴《くちばし》を開く。

『ふむ。こいつは実に実に興味深い』

『だろ？　浄化を使って精製が捗《はかど》らないかな？』

『試してみるまで何とも言えないが、いくつかの物質は触媒なしでも抽出できるかもしれないね』

『一つ実験してみたいのが蒸留なんだよ。アルコール成分の高い酒を蒸留せずに浄化してみたらどうなるのか、とかね』

『面白い。実に面白いね。左手から排出される成分こそ、精製に使えそうだね』

『確かに。含有量が少ない物質を「ゴミ」とするなら、排出される物質こそ欲しい物質か』

ペンギンとセットでネイサンにも活躍してもらおう。

紙の生産もうまくいったとしたら、彼のやることがものすごく増えるな……。

本来やりたかった鍛冶《かじ》仕事との兼ね合いもあるから、もし忙しくなってしまうようなら本人にちゃんとどうするか聞かないとだな。

浄化だけの生活を無理強いはしたくない。

彼には彼のやりたいことをやって欲しいのだから。

◇◇◇

帰宅後、夕食後に酸っぱいグアバジュースを飲み、そういや酒を造るって言っていたなと思い出す。

思い立ったらすぐ行動だ。いや、酸っぱいのをもう飲みたくないとかそんなことじゃあない。

ガラムが禁断症状に苦しむ前に行動せねばならぬ。酒はすぐにできるわけじゃあないからな。

そんなわけで、ハウスキーパー総出で屋敷の中にあったグアバを全部かき集めた。

結構な量があって驚いたのは俺の心の中だけでの秘密である。

ともかく、みんな一緒になってグアバをすり潰《つぶ》し樽《たる》に放り込む作業は何だか楽しかった。

こうしてみんなで作業をすることなんて滅多にないからさ。

意外にもバルトロの手先が器用で、彼の作業速度が一番はやかった。

庭師だけに果物の取り扱いに手慣れているのだろうか?

「すまん。バルトロ。庭師なのに庭はただの空き地になってて。そのうち畑にしようぜ。スツーカの木とか植樹もしたい」

「おう。俺も楽しみだよ。ヨシュア様が何を植えるのか選んでくれるのか?」

「一緒に選ぼう。って言っても畑や植樹だと庭師というより、農業になっちゃうな」

「ヨシュア様が楽しければそれでいいじゃねえか。俺としてもせっかくなら食べられるものができる方がいいぜ」

ハイタッチしてお互いににやりと微笑《ほほえ》み合う。

そんな中、一人だけ異彩を放つ女子がいた。凛《りん》としたたたずまいにも見える真面目《まじめ》女子だ。

彼女の名はエリー。

いつもメイドであることに誇りを持ち、丁寧な言葉遣いと仕草を崩すことはない。

そんな彼女が、グアバを握り、そのまま握りつぶす。

彼女はリンゴも余裕で片手で潰せちゃうメイドである。

いや、いいんだけどさ。せっかく道具があるのに。

「どうされましたか？　ヨシュア様」

「いや、もう少しで終わるなって。みんなでやると早いよな」

小首をかしげるエリーの顔と握りつぶされたグアバがなんともアンバランスだ。

「ヨシュア様、蓋《ふた》を見繕いました」

「ありがとう！　ルンベルク」

樽は俺たちが持ち込んだものじゃあなく、この屋敷に元々備え付けられていたものだった。

蓋が傷んでて使い物にならなくて、急遽《きゅうきょ》ルンベルクに何とかしてもらったってわけだ。

几帳面《きちょうめん》な彼らしく、見事な木の蓋を持ってきてくれた。

「よっし、じゃあ、蓋を閉めて完成としよう」

「毎日、状態を見ておきます」

ルンベルクが背筋をピシッと伸ばし、優雅な礼をする。

おっと、もう一つ。

じゃーっと手を洗うエリーの耳元で囁《ささや》く。

「エリー、後で来てもらえるか？」

「……わ、私を？」

「だ、だめかな？」

「だ、大歓迎です！　す、すぐに参り……」

「一通り仕事が終わってからでよいよ」

「は、はい！」

何故か顔を真《ま》っ赤《か》にするエリーだったが、何か恥ずかしがるようなことを言ったかな、俺。


そんなわけで自室のベッドで寝転がり、今日の振り返りをしておりました。

研究棟も併設している感じになってきた鍛冶場は順調。素材の発見が急がれるが、ペンギンという心強い味方を得たことにより少なくとも机上での科学は相当進歩した。

ペンギンが俺より深い科学知識を持っていることはこれまでの彼の発言から疑う余地はない。

これに魔法的理論の第一人者たるセコイアが加わったことにより、人数こそ少ないものの公国時代より開発能力があるんじゃないだろうか。

特に科学知識に関しては、公国時代よりかなり進んだと言えよう。あくまで机上ということを忘れちゃいけないけど。

科学も魔法も実用化してなんぼだ。そこは重々承知している。

俺がやることは、いかに科学と魔法の力を実世界に結び付けるかだな。専門家は揃《そろ》っている。

ペンギン、セコイア、ガラム、トーレ、そして彼らの弟子。彼らがいれば何だって作れると思っているんだ。

「鍛冶場・研究は素材次第だなー。あとは俺がどんなものが欲しいかアイデアを出すことくらいか。

彼らなら実用化できる！」

「よし」と拳《こぶし》を握りしめたところでコンコンと扉がノックされた。

「エリーです」

「おお。仕事の後ですまんな」

扉を開けると、いつものメイド姿と異なり薄い黄色の寝間着を召したエリーが立っていた。

長い髪を後ろでアップにして、首元を僅《わず》かに桜色に染めている。

お風呂《ふろ》に入ってきた後なのかな？

もちろん、俺も待っている間に風呂は済ませてきた。

贅沢《ぜいたく》なことにこの屋敷には風呂がある。魔石を使わないといけないので、魔石生産の目途が立たなければ閉鎖も検討しなきゃならない。

でも、大丈夫。きっとうまくいくさ。

「入ってくれ」

「は、はい！」

俺の部屋にはベッドと執務机しかないのだ。

執務机には椅子が一脚のみ。

なので、自分はベッドに腰かけ、立ったままもじもじしているエリーに声をかける。

勝手に座ってくれていいのに。この辺はエリーらしい。

「座ってくれていいからね」

「は、はい。で、では失礼いたします」

ぽふん。

何故か俺の隣に腰かけるエリー。

ま、まあいい。

だけど太ももがひっつきそうな距離だし、風呂上がりだからか彼女から香油のいい香りが漂ってくるではないか。

「あ、あの……」

「香油、使っているの？」

「は、はい。ヨシュア様のところへ参ることとなりましたので」

「いや、咎《とが》めているわけじゃあないよ。香油の匂《にお》いを嗅《か》いで改めて思ったんだ」

「わ、私だと、や、やはり」

エリーが何やら口ごもっている。

だから、彼女を責めているわけじゃあないってのに。

「香油とか嗜好品《しこう》、生活を豊かにするものは人間の生活に必要だ。その辺を全く考慮していなかった。産業の振興も、となると頭が痛いな……」

「そ、そうですね！　で、ですが、ヨシュア様なら必ずや！」

「一歩ずつ着実にしかないよな。家ができて終わりじゃあないんだ。そのことを改めて思っただけだよ。ありがとう、エリー」

「お、お礼を言われることなど何一つ……」

さっきからやたらとてんぱっているなあ。エリーらしくもない。

普段の彼女は流麗な仕草で、ハキハキと喋《しゃべ》る。

俺と二人だと緊張するのかなあ……ちょっと複雑だ。

「エリー。やっぱり俺と二人じゃ」

「い、いえ！　大歓迎です！　これ以上の喜びはございません！」

「そ、そうか」

あ、あかんこれ。

声が上ずっているし、まいったなあ。

二人きりの方が他人の目を気にせずリラックスして喋ることができるかなあと思ったけど、これじゃあ逆効果だった。

「呼んだのはさ。聞きたいことがあって」

「わ、私はいつでも、え？」

「今日さ、シャルと一緒だったろ？」

「はい。シャルロッテ様とご一緒させていただきました」

「彼女にこの街と住人、これからやる仕事のことを紹介してどうだった？」

「本日で全《すべ》て把握されておりました」

「ま、マジか……ちゃんと休んでいた？」

「いえ、ずっと動き続けておられました。食事だけはとってくださいとお願いし、歩きながらですが一応」

「そ、そっか……すまん。エリー。君も休みなしだったろう？　それなのに夜にまで呼び出してしまってごめん」

「い、いえ！　ヨシュア様のお呼び出しでしたら私はいつでも、いかなる時も！」

エリーはグッと両手の拳を握りしめ腰を浮かせる。

気合が入っているなあ。これだけ何でも全力投球だと倒れてしまわないか心配だ。

こんな時、アルルやセコイアだったら。

うん。

自分から遠い方の彼女の肩へ手をかけ自分の肩へそっと寄せる。

「エリー。無理をしないでくれよ。ゆったりとノンビリ行こう。な」

「……」

顔だけを横に向け自分なりに精一杯ふんわりとした微笑みを彼女に向けた。

対する彼女は首まで真っ赤《まか》にして固まったまましまうつむいてしまう。

「明日からもよろしく頼む」

「手、手を」

「あ、すまん。頭を撫《な》でるのなんて子供っぽかったな」

「い、いえ、そのようなことは！」

セコイアもアルルも褒める時は「撫でてー」な態度だったから、同じようにしてみたけど彼女は幼い子供じゃないんだった。

またしてもやってしまったかと思ったが、エリーは自分の頭に乗せた俺の手に自分の手を重ね、くすりと笑う。

「シャルが全ての仕事を把握したのだったら、配置のことも考えなきゃな」

「明日はみなさんお揃いになる予定です。彼らの意見を聞いてからでもよろしいのではないでしょうか」

「うん。だな」

エリーの頭に乗せた手を引き戻し、ポンと両膝《りょうひざ》を叩《たた》く。

よおっし、明日からも頑張るとしますか！

閑話三　転生したらペンギンだった件

『「我思う故に我在り」とはよく言ったものだ。確かに、自我はある。だからと言ってこれは「我在り」なのだろうか？』

フリッパーを伸ばし自分の頭へやろうとするが、人間の腕と異なり頭の上まで届かない。

やれやれと左右のフリッパーを使って肩を竦《すく》めようとするが、真横にフリッパーを伸ばしただけの滑稽《こっけい》なポーズとなってしまう。

白昼夢だと彼は思った。

自分が人ではなくなってしまう日が来るなんて考える人間がいるだろうか？

しかし、実際に起こってしまったのだから世の中とは数奇なものだ。

ペタペタペタ。

川岸に映る自分の姿は記憶にあるアデリーペンギンそのものだった。

『ペンギンの肉体に私の精神が入ったというのか？　精神転送……ＳＦだなこれは。だが、事実、起こってしまった事象について、非科学的だと断じることはできない。私こそが非現実の体現者なのだから。これは現実である。不可思議な事象を検証しようにも、器具の一つもありはしない。そもそもこの身はペンギンだ。器具があったとしてもフリッパーでは扱えもしないか……』

自嘲《じちょう》し、ふうと息を吐くと嘴《くちばし》がカタカタ揺れる。

妻に先立たれ、息子と娘も独り立ちした。

仕事もとうの昔に引退し、後は死を待つばかりの身だと思っていたペンギンの中の人こと宗次郎《そうじろう》。

しかし彼は、ペンギンになってしまったことに嘆いているように見えて、実のところ生きる気力を取り戻していた。

自分の生は……いや、生きてはいたものの気力を失った人形のようになっていた自分はもういない。

ペンギンになった。まだ見ぬ不可思議な世界が眼下に広がっている。

好奇心が彼に生を取り戻させたのだ。

といっても生来の彼が変わるわけでもないのだが……。

『私の知るアデリーペンギンとこの身は明らかに異なる。何故《なぜ》なら……』

そよ風が吹き抜け、宗次郎は獲物の存在を感じとる。

『アデリーペンギンの主食があのような生き物のわけがない。そもそも、あのような生き物は地球に存在しないのだ』

皮肉めいた口調でそう呟《つぶや》くも、宗次郎はよちよちと歩き始めていた。

獲物の風に誘われ、彼は歩く。

『ふむ。中々の大物だね』

自分の中では涼しい顔で呟いたものの、パタパタとフリッパーを振るその姿をヨシュア辺りが見たらペンギンが獲物を見て興奮しているようにしか思わないことだろう。

しかし、自分ではクール、そう信じているのだ。宗次郎は。

彼が見据えるその先には殻直径が二メートルもあるカタツムリがノタノタと宗次郎から遠ざかるように動いていた（歩く……と表現するには速度が遅すぎるため、動くと表現している）。

対する獲物を狙《ねら》うペンギンもよちよちペタペタとカタツムリへにじり寄り、フリッパーを振り上げる。


ペシイイイイン。


僅か一メートル半くらいの体躯《たいく》からは想像できないような、甲高い音が響き渡り、カタツムリが横倒しになった。

硬くはないカタツムリの殻はフリッパーで叩かれた部分が割れている。

「む……」宗次郎は心の中で唸《うな》り声をあげた。

彼はペンギンとなって以来、動物的な勘が働くようになったのだ。

カタツムリの気配を感じることに繋《つな》がるこの能力は、野生動物全《すべ》てが兼ね備えているものかもしれない。

いや、人間も元来持っていた能力であったのだろうと宗次郎は推測している。

生き物とは元来、捕食被捕食の弱肉強食の世界だ。

生きていくためには危険を察知することが肝要である。人間は道具の開発により、敵《かな》う生き物が存在しなくなった。少なくとも地球では。

そのため、生物が本来持っている生存本能ともいえる危険を感知する能力が欠落した。

しかし、ペンギンは違う。

ペンギンは獲物であるカタツムリの気配を感知できるばかりではなく、自分より強い生き物を肌で感じることができるのだ。

背筋が凍るとでも言えばいいのか……宗次郎は背中の羽毛がそばだつようにびくりと体を震わせる。

しかし、彼が取った行動は……カタツムリの捕食であった。

そのままもしゃもしゃとカタツムリの身を貪《むさぼ》り喰《く》らう宗次郎。

内心気が気ではないのだが、彼は半ば確信していた。このまま興味のないフリを続け、敵意が無いことを示せば必ずこの状況を切り抜けることができると。

何故なら、ある種の言語が背後から聞こえてきたからだ。

恐らく、背後にいるのは人間かそれに類する生物である。

人数は二人。

うち一人が強者《つわもの》。もう一人が弱者。

人間であれば、自分が危険な生物ではないと示せば観察こそすれ、危害は加えぬだろう。

もし、彼らがペンギンを狩りに来ていれば話は別だが、自分が人間だった時の記憶からその線は薄いと判断した。

そもそも、逃げようにも地上でのペンギンは、亀のような速度だ。

このまま立ち去ってくれれば良し。捕獲され飼育される道になったとしても、このまま彼らの食事になるよりはマシだろう。

心の中で悲壮な決意をしつつも、彼はカタツムリを摂食する。

むしゃむしゃと。

『ふう……。去ってくれたようだね』

胸を撫でおろし、宗次郎はフリッパーをパタパタと振るった。

カタツムリの身はまだ半分ほど残っているのが見て取れる。

もちろん彼は、残りのカタツムリの身をちゃんと摂食してから、この場を立ち去ったのだった。

◇◇◇

彼は観測の結果、一つの結論に達する。

知的生命体は人間とそれに類する生命体で、ペンギンには興味がない、と。

なら、と思い、彼は水の中に潜り耳をそばだてる生活を続けていた。

潜りさえすれば、そうそう発見されることもないだろう。

いや、発見はされているに違いない。強者は自分より気配感知に優れるのだろうから。

自分が強くはない生物なので、捨て置かれているだけだろう。

今日もいつもと同じように水中から観察するつもりだった。

しかし、思わぬ言葉が宗次郎の耳に届く。

——バッテリー。

懐かしい。そう思った。

すぐに居ても立っても居られなくなった彼はばしゃーと水面に顔を出し、件《くだん》の人間に声をかけてしまう。

『バッテリーを作りたいのか？』

『西暦何年から来たんだ？　平成？　もしや大正とかか？　いや、戦後なのは確実かな？』

もう止まらなかった。

彼は孤独だったのだ。ペンギンとなって以来、誰《だれ》とも会話ができなかった。

彼らの喋《しゃべ》る言語が理解できなかったのだから、仕方ない。

だけど、構うものか。

言葉が通じぬとも、思いの丈をぶつけることくらいしてもいいじゃないか。

我思う故に我在りだ。

『どこだ？　こちらから危害を加えるつもりはない。姿を見せてくれ』

な、なんと日本語で言葉が返ってきた。

宗次郎はここで焦ってはいけないと平静を装い、人間に言葉を返す。
『何を言っているんだ君は？　私はここにいるではないか』

第五章　心強い仲間たち

清々《すがすが》しい朝だ。

あの後どうしたのかって？　そらもちろん、エリーはすぐに自室に戻り、崖《がけ》でエキサイティング過ぎる体験をした俺は心身ともに限界を迎え、倒れ込むように眠ってしまった。だがしかし、一日寝ると回復したというわけだ。

自他共に認める貧弱さを自負する俺であるが、まだまだ肉体的に若いだけあって寝ると体力がちゃんと回復するのだ。

ははは。

ただし、体力ゲージがとっても低いことは改めて言うまでもない。

今日の定例会議は新たな人材を呼んでいるから、楽しみだ。

さくさくと役割を決めていこうではないか。どんどんお仕事を割り振っていかないと、遅々として作業が進まないからな。

ちなみに朝のドリンクは牛乳である。これから朝は毎日、牛乳である。牛乳……。

昨日《きのう》も呟いたかもしれないけど、牛乳に罪はない。

パブロフの犬状態になっている俺の条件反射が中々拭《ぬぐ》えないってことだけだ。

グアバの酸っぱさが懐かしい、かもしれない。

そんなグアバは只今《ただいま》発酵中である。ガラムの腹に入る日も近い。

◇◇◇

「まずは簡単に俺から自己紹介しよう。カンパーランド辺境国のヨシュアだ。日々、多忙な中、こうして集まってくれたことを嬉《うれ》しく思う」

朝食後、集まってくれた人たちに向けペコリと頭を下げる。

すると、全員が一斉に立ち上がり、深々と頭を下げ返されてしまった。

自分の立場を鑑みるとこの反応も予想できたわけだけど、ここまで畏《かしこ》まられるとこっちが逆に引いてしまう。

だが、ここで引き下がっていてはいけないのだ。俺は辺境伯。まだ国としての体を成していないとはいえ、一国の主《あるじ》だからな……。

言うまでもなく、一刻も早く引退し悠々自適の生活を送る目標は変わっていない。

俺が座ると他のみんなも着席する。

まずは自分たちの方からだな。

ルンベルクに目を向けると、ハウスキーパーの四人がすっと立ち上がる。

「ヨシュア様の執事をさせていただいておりますルンベルクです。こちらの三人は庭師のバルトロ、メイドのアルルとエリーです。お見知りおきを」

ルンベルクが礼をするのに合わせて他の三人も頭を下げた。

続いて、シャルロッテが自らの名を名乗り、お次は今日から加わったメンバー二人である。

「ポールです。このような場にお呼びいただき光栄です」

大工の棟梁《とうりょう》であるポールは、今後の都市計画に欠かせない存在だ。

彼は仕事がらなのかよく日に焼けた褐色の肌に引き締まった体をした男で、年のころは三十歳過ぎくらい。

次に立ち上がったのは、口元以外を仮面で覆った長身痩躯《そうく》の男だった。

なるほど、バルトロの言った通り風変わりな格好をしている。

仮面の素材は鉄かな。黒いシルクハットを被《かぶ》り、手品師のような黒っぽい衣装を身にまとっていた。

髪色は銀色が混じった白で、僅《わず》かに見える口元には深い皺《しわ》が刻まれている。

「リッチモンドと申します。私のような者をここに招いてくださり、恐縮です」

そう言って流麗で洗練された礼をする仮面の男。

声から察するにルンベルクと同世代かも、と思う。

チラリとルンベルクの様子を確かめてみると、感慨深い様子だった。

「ルンベルク。リッチモンドさんはルンベルクの知る人だったのかな？」

「はい。間違いなく。昨日、すぐに卿《けい》に会いに行きました」

「そうか、旧友に会えてよかったな」

一応の確認だ。

ルンベルクの様子から見て取るに、まず間違いなく知り合いだと分かった。

「自己紹介が済んだところで、早速本題に入りたい」

リッチモンドの着席を確認し、そう前置きしてからざっくりと現在の状況を説明する。

オラクルの街は人口の加速度的な増大が予想されること。領民のための住環境をまず整備したいこと。それに伴うインフラ環境構築の準備を進めていること。

魔石と燃焼石という二大資源がないこと……などなど。

新規の二人以外には聞いたことのある話で退屈かもしれないけど、方向性に関わるところだから何度でも意識合わせをしておくことは肝要だ。

俺たちはチームだからな。全員が同じ方向を向いていないと、思わぬところで齟齬《そご》が出て余計に手間がかかる事態になりかねない。

「シャル。街の人口比率は把握できたか？」

「はい。農業従事者はおよそ六割。商店・商業関係者が二割。その他、技術者が二割であります」

人口比率という言葉だけで俺の意図を汲《く》んでくれる辺りはさすがシャルロッテ。

一緒に仕事をしたことがあるから、阿吽《あうん》の呼吸《こきゅう》ってところだな。

「現在の領民はだいたいどれくらいになっている？」

「千名に届こうかというところです。ヨシュア様を慕い、これほどの領民が」

問いかけに対し、ルンベルクが応じる。

絹のハンカチを目元に当てるおまけつきで。

もう千名近くにまでなっているのか……。

「三千名くらいまでなら、現在の住居計画で足りるはずだ。ポール。大工と腕っぷしのある若いのはどれくらい確保できそうだ？」

「百名は確保できそうです。現在、日々の糧を得るためラグを作ったり、などもしています」

「分かった。ポール。君には住宅地区を任せたい。木材が不足するようなら、レンガの家に切り替えるなど、素材にはこだわらなくていい」

「わ、私に任せていただけるのですか⁉」

「モデルハウスは見事な腕前だった。それに、大工を率いる姿も見事だった。だから、ポール。君に頼みたいんだ」

「あ、ありがとうございます！」

慌てて立ち上がったポールだったが、動揺からか椅子に体をぶつけてしまったようだった。

そのため、彼の座っていた椅子が後ろに倒れてしまう。

「ルンベルク。君には素材収集を頼みたい。五十名ほど率い、ポールと連携して足りない素材の確保に向かってくれ」

「承知いたしました」

「もう一つ。ポールのように人を纏《まと》める力のある者がいれば紹介して欲しい。ルンベルクには他に頼みたいことが多数あるから」

「しかと、承りました」

農業従事者は動かせない。農耕は一番の肝だからな。

だが、農業を円滑に進めるためには並行してインフラも進めねばならない。

住居を優先していたけど、素材集めも含め百五十名もいれば十分だろ。

「シャルは引き続き、農業・手工業を統括してくれ。既にエリーから引き継ぎが完了したと聞いている」

「はい。お任せください。ルンベルク様と同じく、リーダー格になれる人材の抽出を行います」

「頼む。これといった人がいたら、毎朝の会議に連れてきてもらいたい。ルンベルクも同じだ」

「はい！」

「承知いたしました！」

シャルロッテとルンベルクが頷《うなず》きを返す。

「バルトロ。狩猟や採集の人手は足りているか？」

「これから更に領民が増えるんだよな。だったら、百名くらいまで増やしたいかなあ」

「確かに。そうだな。三班に分けたいな。一班はバルトロが率い、狩猟をメインに据えてくれ。もう一班は食材の採集だ。最後の一班は岩塩とかそっち方面だな」

「あいよ」

「狩猟チームは今まで通り全員が戦闘またはハンターの経験がある者を。採集は護衛と作業者で分けるといいかな。採集の護衛はガルーガに任せてもらってよいかな？」

「問題ない。最後の一班はどうする？」

「んー。二班にしようか。最後の一班は警備の部隊と調整かな」

そこで言葉を切った俺は、リッチモンドへ目を向ける。

「リッチモンドさん、街の警備部隊をまとめて欲しいんですが、お願いできますか？」

相手が年長者ということもあり、自然と口調が丁寧なものになった。

俺の問いかけに対し逡巡《しゅんじゅん》した様子の彼だったが、小刻みに首を左右に振り席から立ち上がる。

「申し訳ありません。私にはその資格はないと心得ます」

「バルトロから実力者だと聞いております。もちろん、ルンベルク、バルトロと相談しながらで構いません。最初から全《すべ》て一人で、とは考えてないです」

「お申し出、この上なく光栄で身に余る責務であることは疑う余地がありません」

「なら」

「私は最期にヨシュア辺境伯様のご活躍、街が完成していく様子を拝見したかった。それだけですので。この身は表に出るに憚《はばか》られます」

深々と頭を下げるリッチモンドの意思は固そうだ。

彼の様子から察するに、過去に何かがあってここに流れ着いたというわけなのだろうか。

何があったのかは分からない。

だけど——。

「カンパーランドに集まった人たちは、みんな大なり小なり『過去を捨てて』きているんです。家族全員で来た人もいるでしょう。元冒険者だった人もいます。自らの工房を商会幹部の地位を捨てた人も、官吏の地位だって放棄した人もいます」

「……」

俺の言葉に対し口ごもるリッチモンドだったが、構わず続ける。

「捨てたもの、失ったもの、確かにそれらは尊いものと思う人もいれば、唾棄《だき》すべきものと思う人もいるでしょう。ですが」

ここで言葉を切り、椅子を引き立ち上がった。

両手を広げ全員の顔をゆっくりと眺めた後、目を閉じ顎《あご》を下げ再び上げる。

「オラクルの街はこれからなのです。過去ではなく、未来へ向かって。ここに来たその日から、過去ではなく、これからを見て欲しいのです。私は過去のリッチモンドさんがどのような人だったかは知りません。ですが、バルトロが、ルンベルクが、推挙してくれた。だから、俺はあなたに警備のことを任せたいと思っているのです。あなたがどのような過去であろうとも、私は気にしません。どうでしょうか？　今日この日からのリッチモンドとして、手伝ってくれませんか？」

「ヨ、ヨシュア辺境伯様……」

仮面に手をかけ、自らの素顔を晒《さら》そうとするリッチモンドに向け、手をあげる。

「リッチモンドさん、仮面はそのままで大丈夫です。あなたが仮面を被ってここに来た。それにはあなたなりの理由があるのでしょう。だから、私は仮面の騎士『リッチモンド』でいいと思ってます」

「辺境伯様。あなた様のお噂《うわさ》はかねがね聞き及んでおりました。噂など当てにならぬことを重々理解いたしました。あなた様はどのような賛辞の言葉で言い表そうとも、足りません。この老骨、崩れ落ちるまであなた様に捧《ささ》げたいと存じます。警備の取りまとめ、謹んでお受けいたします」

直立したまま、リッチモンドの仮面から顎を伝ってポタポタと涙が流れ落ちた。

過去のしがらみなんて、カンパーランドでは気にする必要なんてないんだ。そのことを彼に伝えたかった。

今の彼がどうしたいか、それだけでどうするのか判断して欲しい。

見られたくないと思ったから、仮面を被ったのだろう。ならば、そのままでいい。今のリッチモンドのままでいいんだ。

「リッチモンド卿《きょう》。私とバルトロも誠心誠意、ご協力いたします」

「何でも聞いてくれ！」

絹のハンカチを濡《ぬ》らしたルンベルクと、気恥ずかしそうに鼻をさするバルトロがリッチモンドに温かな声をかける。

二人に対し顔を向けたリッチモンドは深く頷きを返す。

「リッチモンドさん、バルトロと協力して狩猟・採集班のうち最後の一班を任せることができそうな人材をピックアップして欲しい。現時点で治安維持にさく人数は多くなくていいと聞いている。だけど、街の範囲が広がれば必ず警備の人数は増やさねばならないだろう。現在の人数で不足するようだったら、新しく街に来た人を中心に警備のできる人を選出して欲しい。選出は任せる」

一蓮托生《いちれんたくしょう》の仲間として加わってくれたリッチモンドに対し、口調を変えることにした。

彼にだけ丁寧な言葉を使っていては、彼自身が気にするかもと思ってのことだ。

「承知いたしました。訓練も施すようにいたします」

「助かる。腕に覚えのない人であっても、希望者はなるべく拾いたい」

「承知いたしました」

着席したリッチモンドに向け会釈をすると、彼も同じように返してくる。

よし、残りはメイドの二人だな。

「エリー、アルル。交替で俺の警備を行うというのはそのままで。警備をしない方は広場で募集を行って欲しい」

「はい！」

「畏《かしこ》まりました」

アルル、エリーが立ち上がる。

何をとはまだ言っていないのに、即返事が。

もちろん、このまま「何を」を伝えぬまま終了はしない。

「商店・商業従事者希望を中心に募って欲しい。内容は土木工事だけどな。上下水道の整備を行いたい。素人《しろうと》でも構わないけど、年少者は弾《はじ》いて欲しい」

「畏まりました」

「ポールたちの仕事が一段落したら、ここに加わってもらうつもりなんだけど、技術的なところはトーレとガラム。彼らの徒弟に任せようと思っている。力仕事が中心となるから、その点も伝えて欲しい」

「はい！」

エリー、アルルが順に返事をした。

アルルの耳がぴこぴこしていて少しなごむ。

「みんなにお願いしたいことは以上だ。やってもらうことについてはほぼお任せとなってしまい、すまないがよろしく頼む。それと、ルンベルク」

「ハッ！」

「次回の朝会にはセコイア、トーレ、ガラム、ペンギンさんも呼びたい。声をかけておいてもらえるか？」

「承りました」

「他に何もなければ、この場は解散とする。エリーとシャルはこの場に残って欲しい」

特に他に意見もなかったので、本日の朝会は終了したのだった。

ゾロゾロとみんなが退席して行き、エリーとシャルロッテが着席する俺の左右に立つ。

いや、囲まなくてもいいんだけど……。

「閣下！　閣下のお言葉に胸が震えました！　お腹《なか》の辺りも熱く……」

「そ、そうか。残ってもらったのは農業の様子を見に行きたかったからだ。最初に作物のことを伝えて以来、しっかりと視察に行っていなかったから」

シャルロッテは頬《ほお》を紅潮させ熱っぽく語る。

彼女の様子に若干引いてしまう俺であったが、構わず彼女に即用件を伝えた。

すぐに動こうとしたのだけど、エリーが何か言い辛《づら》そうに太ももを擦り合わせもじもじしている。

「エリー、トイレだったら先に行ってきた方がいい。屋敷くらいだからさ、ちゃんとしたトイレは」

「ん？」

「は、はい。し、下着を」

「な、何でもありません！　すぐに行って参ります！」

かああっと耳まで真《ま》っ赤《か》にしたエリーは風のような速度で退室していった。

「閣下、私も行って参ります」

「お、おう」

そんなに会議の時間が長かったっけ？

短くまとめたつもりだったんだけど……。

腕を組み「ふうむ」と呟《つぶや》きながら、牛乳を飲む俺であった。

もちろん、朝一に飲んだ牛乳とは別のものだ。シャルロッテが仕事の合間にいつも準備してくれるものでな……牛乳は。

は、ははは。

な、何だこの得も言われぬ緊張感は。

エリーは元よりそれほど喋《しゃべ》る方ではない。なので、シャルロッテという貴族令嬢がいることで自分から声をかけ辛いことは理解できる。

一方でシャルロッテであるが、真《ま》っ直《す》ぐ前を見たまま俺の前をずんずん歩いていた。

彼女、普段からやたらと会話するように思えるんだけど、実のところそれほど話し好きというわけじゃあないんだ。

次から次へと畳みかけるように会話が止まらないのは、全《すべ》て仕事に関する連絡だからなのである。

今、俺たちは農場の様子を見るために屋敷から出た。

そして、シャルロッテが先導を買って出てくれているわけだ。

きっと、農場に到着したら彼女は饒舌《じょうぜつ》になるに違いない。

「エリー」

「はい。あなた様のエリーはここに」

「後ろじゃあなくて、横を歩かない？　三人いるのに、一列になるってなんかこう」

そう、さっきから妙な緊張感が漂っているのは、何も無言だからというわけじゃあない。俺たちの配置にある。

◇◇◇

前を行くシャルロッテは道案内のつもりで、エリーは後方を固める護衛なのだろう。

分かる。そいつは理解できるのだけど、前と後ろに挟まれる俺の気分を察してもらえないだろうか。

未開の地カンパーランドだから、護衛が必要。

分かる。

だけど、もはやここは未開の地ではなく、開拓地だ。

突然モンスターが襲撃してくることなんてない。来たとしたら、俺のところに来るまでに誰かが気が付く。

そのために警備の人たちが巡回しているわけだしさ。

俺から呼びかけると、エリーの判断より俺のお願いが上回ったのか、彼女は迷う様子もなくすうっと足音も立てずに俺の隣に並んだ。

何、今何したの？

「どうかなされましたか？」

「いや、何も。平和なことは良いことだ。警備の人たちも頑張ってくれているし」

「はい。物々しい警護は必要ないのかもしれませんね」

「だろ。もう張り付いて警護なんて要らないって」

「そうでしょうか。『物々しい警護』は必要ありませんが、『要人警護』は必要かと存じます」

「そ、そうかな……」

「私では、頼りないですが……申し訳ありません」

「いやいや、そのうちもうピクニックや散歩感覚で一緒に歩いてもらうようになるさ」

「その時は是非、お誘いください！」

花が咲いたような笑顔を見せるエリーに俺の口元も綻《ほころ》ぶ。

安全とは健康と似たようなものだと思っている。何も意識しない状態こそが至上なのだ。

体調を崩すと健康のありがたみが分かるように、危険な目にあって初めて安全に過ごせることに感謝できるようになる。

だけど、この世界の「危険」は命に関わることが多いのだ。

猫に引っかかれましたなら、次は引っかかれないように気を付けようで終わるが、ドラゴンのブレスを受けましたじゃあ、「次はない」からね。

怖い、異世界怖い。

これだけ平和だと忘れそうになるけど、つい最近だって俺は見たじゃあないか。

人智を超えたモンスターの凄《すさ》まじさを。

慢心はいけない。警備のみなさんに感謝を。

心の中で手を合わせていたら、中央大広場にまで到達。

アルルが大きな旗を振り回して、何かをアピールしている姿が見える。

早いな、アルル。いつの間にあのような旗を作ったんだ？

「旗ですか？　あれはヨシュア様の警護をしていない日の私とアルルが交替で製作したものです」

「へえ。人材を探すため？」

俺の様子に気が付いたエリーが補足してくれた。

「おっしゃる通りです。葦《あし》を編んで布にして、染料で文字を描いたのです」

「凄《すご》いな。見事なものだ」

「見事と言えば、何度見ても感嘆のため息しか出ません。あの凛々《りり》しいお姿」

エリーが何か言っているが、ここで立ち止まる俺ではない。アルルに軽く手を振るだけに留《とど》め、とある一点を見ないように広場を抜ける。

前を行くシャルロッテが敬礼していたが、それも見て見ぬ振りだ。俺は何も見ていない。見ていないのだ。


「うおお。これは予想以上だ」

開墾が進んでいるとは聞いていたけど、いざ目の前にするとこいつはすげえと思うって！

俺の立つ位置のすぐ真後ろは街から続く道（予定地）の白線が引かれているんだけど、前は一面の耕作地帯になっていたんだよ！

前方は五百メートルくらい開墾が進んでいるんじゃないだろうか。

右手は街になるけど、反対側はずーっと農地が延びている。

一面に広がるは……葉っぱが伸び始めている枝の切れ端。

そう、キャッサバの枝である。

俺が来たことが伝わったのか、麦わら帽子を被った中年の男が顔を出す。

シャルロッテとエリーとは知り合いなのか、彼に向けシャルロッテから声をかけていた。

「トーマスさん。おはようございます！」

「シャルロッテ様、今日もお元気ですね。エリーさんも」

ややあと人好きのする笑みを浮かべた麦わら帽子のトーマスが、体を揺する。

半袖《はんそで》のシャツから伸びる腕は太く、日焼けした肌が彼が外で仕事をしていたことを示していた。

ちょっとお腹《なか》が出ているけど、それもまた彼の人のよさの表れのように思えて何だか和む人だな
あというのが俺の第一印象だ。

シャルロッテと気さくに挨拶《あいさつ》を交わしたところで、トーマスが俺を紹介して欲しいとでも彼女に
言おうとしたのだろうか。

さりげなくこちらに顔を向け、固まる。

な、何だ？

俺そんな変な格好をしていたかな。変なのは広場のアレだけにして欲しい。

「ま、ま、まさか。ひゃあああ」

「え、え、え？　後ろに何かいる？」

「ご心配ありません。後ろにモンスターはおろか、蛇など小動物の気配もありません」

トーマスが変な悲鳴をあげてペタンと尻餅《しりもち》をついてしまったから、キョロキョロしてしまったけ
どエリーが「問題ない」と返してくれた。

ちょっとドキドキしてしまったぞ。

「シャル。この人は？」

「この方はトーマスさんです。畑のことで以前からエリーさん、アルルさんと農家の人の間に立っていてくださったのであります」

じゃじゃーんとばかりに自分の体を一歩横にずらし、トーマスを紹介するシャルロッテ。

「なるほど。農家の人との調整役を買って出てくれていたんだな。ありがとう、トーマスさん」

「は、は、はい。や、やっぱり、ヨシュア様ですよね！」

ようやく立ち上がったトーマスは麦わら帽子を脱ぎ、驚きを露《あら》わにする。

「あ、う、うん」

「ひゃあああぁ！　ヨシュア様！　あ、握手して頂いても？」

別に断る理由もないので、トーマスと握手を交わす。

彼は大変感激したように自分の手を見つめ、ギュッと手を握りしめた。

「トーマスさん。キャッサバのことで尽力してくれて、ありがとう」

「い、いえええ。とんでもございません。キャッサバの発見、毒抜きまで含めてヨシュア様のご慧《けい》眼《がん》に恐れ入ります。まさか小麦の代わりとなるものが初日から見つかるなんて」

キャッサバは三十センチほどに茎を切って、ただ土に突き刺すだけで育つ。キャッサバの生命力は恐るべしだよな。

畑についても、小麦のようにきっちりと耕す必要はなく、育成上栄養を取り合う雑草を取り除き、根を張るのに邪魔になりそうな大きな石を掘り返す程度でよいというのも後から指示を出した。

しかし、専門家はやはり違う。

こんなざっくりとした指示であっても、キャッサバが自生している環境を観察することで、すぐにどの程度耕せばいいのか判断をつけていたのだ。

もちろん、作物はキャッサバだけというわけにもいかないから、育成する作物によって畑の作りを使い分けることも肝要である。

この辺はもう俺が手を出せる領域ではなく、農家のみなさんに頑張ってもらうしかない。

俺ができることは新たな作物を発見し、それがどのようなものか概要を伝えることだけだ。

「顔役をやってくれているトーマスさんなら、食糧事情についてある程度把握しているのかな?」

「はい。バルトロさんら狩猟・採集組と夕刻に落ちあい、領民のみなさんに食糧を配給しております」

「素晴らしい!」

「い、いえ……」

恐縮したように後ろ頭をかくトーマスであったが、俺は心から彼らに対して称賛の気持ちで一杯なんだ。

農作物の元となるキャッサバをはじめとした植物を見繕った。バルトロたちに任せている採集にしても、植物鑑定の力を借り、食べられるものをより分ける作業だけは俺が主導したことは確かだ。

だけど、畑のことはエリーとアルにお願いしていたからともかくとして、配給については完全に抜けていた。

でも、俺が何も言わずとも領民のみなさんは喜ばしいことに非常に逞《たくま》しい。生きるために、ちゃんと協力しあって食糧を分配してくれていた。

警備を見てくれていたバルトロからは、いざこざなんて一切起きていないと報告があがっている。

領民たちは争わず、協力しあい、いい意味で「よきに計らえ」を実行してくれていたんだな。

頼りになる人たちだよ。俺のできることなんてたかが知れている。だけど、軌道に乗るまでは尽力しよう。俺のできる範囲で、できる限り。

もちろん、三年で引退し惰眠を貪《むさぼ》る目標は変わっていない。

ははは。

「作物もまだ収穫できるまで生育していない。もし糧食が足りないようなら輸入も検討しなきゃだな」

領民の中には馬車に食糧を満載してカンパーランドに来た人も多いだろう。

何もないところに来るのだから、当然と言えば当然だ。

しかし、持ってきた食糧もいつか底をつく。オラクルの人口は日に日に増えているんだ。

そう余裕はないはず……。

ところが、トーマスは「いえいえ」と首を横に振り白い歯を見せた。

「畑を作る時にも、家を建てるために更地へする時にもキャッサバが沢山採れるのですよ。ですので、パンには全く困っておりません」

「お、おお！」

「小麦を大量に持参していた人もいたのですが、殆《ほとん》ど手を付けておりませんよ！　ヨシュア様がキャッサバを教えてくださったからです」

「よかった！　収穫までは問題なさそうかな？」

「はい。他の作物も育て始めております。秋を楽しみにしていてください！」

「秋には収穫祭をやろう。盛大に！」

「それは、とても楽しみです！　ヨシュア様はいつも民のことを考えてくださる」

手放しで褒めてくれて悪い気はしないけど、真に称賛されるべきは実際に手を動かす人たちだ。

トーマスたち農家の人しかり、バルトロたち狩猟班しかり……。

実際にこうして現場の人から生の声を聞くと、みんながみんな支え合わないと街なんて成立しないってことがありありと分かる。

「シャル。次は牧場に行こうか」

「承知いたしました！」

シャルロッテが公国式の敬礼を行い、くるりと踵《きびす》を返す。

◇◇◇

簡便な木枠で仕切りだけ作られていて、雑草も抜いていないそのまんまの荒地だけど、牧場だ。

牧場になっている。

厩舎《きゅうしゃ》さえない。だけど、牛、羊、ヤギとちゃんと仕切りがされていて放し飼いになっている。

おや、鳥系がいないな。

ふもおと気持ちよさそうに鳴く牛の鳴き声に目を細めつつ、ふとそんなことを思った。

吹き抜ける風が前髪をなびかせ心地よい。

こう動物がのんびりする姿を見ると心が洗われるような気持ちになるのは俺だけだろうか？

「ソーモン鳥はお持ちしたみなさんがそれぞれ馬車の中にある小屋に入れたままです」

「このままじゃあ、逃げちゃうものな」

「はい。ソーモン鳥は鳥小屋と柵《さく》を作り飼育する予定であります」

俺の疑問を読んだのか、シャルロッテがここにはいない有名家畜「ソーモン鳥」について教えてくれた。

ソーモン鳥は地球のニワトリに似た種族で、この世界では広く飼育されている。

ニワトリと同じように卵と肉を食べることができて、大きさも同じくらいだけど、ニワトリとは習性が結構異なるんだ。

ソーモン鳥は羊のように群れる習性があり、大きな声で鳴くことがない。

食性はかなり草食によった雑食である。だけど、葉は食べない。大麦や小麦といった作物なら食べる。

俺の感想としては、ニワトリよりソーモン鳥の方が飼育しやすいと思う。

ニワトリの方が優れている点として、ソーモン鳥に比べて成長がやや早いことと卵がすこーしだけ大きいことかな。

食料資源として見た場合、ニワトリとソーモン鳥はそう違わない。

「牧場も見てくれている人がいるのかな？」

「はい。決まった方ではありませんが、交替で。キャッサバの葉が飼料にできるか試している最中であります」

「毒抜きしなくて大丈夫だっけか。やるなら慎重に頼む」

「はい。まずはヤギで試しています。羊も牛も何でも食べるというわけではありませんので」

「そうなのか。ちゃんと食べられるものを見分けているのかな？」

「……だ、そうです。自分は専門ではありませんので、申し訳ありません。人づてで聞いただけです」

エリーもそうだが、シャルロッテも真面目《まじめ》というか何というか。

わざわざ人づてなんて言わなくてもいいのに。興味を持って情報を仕入れたのはシャルロッテだろうに。

「ありがとう。シャル。牧場も農場も思った以上に良い感じだった」

「いえ！　私は昨日《きのう》来たばかりですので。全《すべ》てはエリーさん、アルルさん、トーマスさんたちがやってくださったことです！」

「はは。なら、ありがとうの先出しってことで」

全くもう。シャルロッテはこういうところは昔のまんまだな。

そこで、ずっと横に付き添ってくれていたエリーへ目を向けた。

「エリー、辺境に来てからずっと見ていてくれてありがとうな。アルルにも改めて礼を言っとかないとな」

「いえ、私は何もしておりませんよ。ヨシュア様からお預かりした作物をトーマスさんたちにお渡ししただけです。私とアルルは横で見ていただけです」

「分かった分かった」

こっちはこっちでやっぱりお堅い。

えへへ、とか言って照れてくれたら可愛《かわい》げがあるのにさ。

ガラガラガラ——。

その時、真後ろにある道（予定地）を一台の馬車が駆け抜ける……かと思ったら停車した。

「ヨシュア様！」

御者台に座るドワーフから声をかけられる。

あれ、この人って。ガラムのお弟子さんじゃないか。

一体こんなところまで何をしに来たんだろ？

あれよあれよという間に、馬車の窓からガラムが顔を出した。

「よお。ヨシュアの。お主のところの執事から頼まれてのお」

「ん？　ルンベルクが？」

「違う違う。ヨシュア坊ちゃん。ガラムから押しかけたのですぞ」

ガラムを押しのけるようにトーレが窓から顔を出す。

だけど、まるで話が見えん。

「どういうことなんだ？」

「物見を作ると聞きましてな。これは背の高い建物を作るよい機会だと思いまして」

「あ、コンクリートを使いたいのか！」

「ですぞですぞ！　これからの建築の試金石にと思いましてな」

「なるほど、物見は郊外にと言ったものな。この先に作るのか」

「その通りですぞ！　では、また！」

ガラガラガラ――。

待てという前にトーレたちを乗せた馬車は行ってしまった。

「あ……」

間抜けな俺の声が虚《むな》しく響く。

せっかくトーレたちに会えたから、シャルロッテと引き合わせたかったのに。

あれ、でも、待てよ。

あの中にドワーフ以外の徒弟たちは乗っていなかった……よな？　たぶん。

「シャル、忙しいところ悪いが、もう少し付き合ってもらってもいいか？」

「もちろんです！　閣下のその野心的な瞳《ひとみ》……何がくるのか心が躍ります！」

特にやる気を見せたわけじゃあないんだけどなあ。

普段からぬけぬけだからかもしれん。

ともあれ、馬を調達しシャルロッテとエリーを連れて鍛冶場《かじ》に向かう。

◇◇◇

はあはあ。

何とか鍛冶場からネイサンを引っ張り出すことができたぞ。

俺の予想した通り、ドワーフ以外の徒弟たちは鍛冶場で作業にいそしんでいた。

『まだ途中なのだ！』

『すぐ終わるから！』

諦《あきら》めきれないのか、ペンギンがネイサンの脚にフリッパーで縋《すが》りついている。

しかし、元来物を掴《つか》むようにできていないフリッパーではすぐにつるんと滑り、フリッパーが彼の脚から離れてしまう。

そうなんだ。

ペンギンがネイサンに張り付いて実験をしていた最中だった。

といっても、シャルロッテに無理を言ってここまで来てもらっている手前、こちらも急ぎである。

すぐに終わることだから、とペンギンに告げネイサンを外まで連れ出してきたというわけなのだ。

「はよ終わらせるのじゃぞ」

念押しなのか、セコイアが窓から顔を出しそれだけを告げてまた顔を引っ込める。

彼らには昨日俺がコウモリの群生地から取ってきた鉱石の調査を頼んだはずなんだけど……一体何があったってんだ。

後で聞くことにするか。後でな。

「シャル。待たせたな」

「いえ、その、後ろの愛らしいお方は？」

「ん？　ペンギンさんのこと？」

「ペンギン殿というのでありますか！」

シャルロッテはぷるぷると両手を震わせ、頬《ほお》を紅潮させる。

彼女から見たら奇怪な生物だと思うんだけど、「モンスター！　成敗します！」とならなくてよかったよ。

「後で紹介する。この子はネイサン。そしてこっちはシャルロッテ。ついでに後ろでパタパタしているのはペンギンさん」

ネイサンとシャルロッテの間に立ち、それぞれに紹介する。

「ネイサンです」

「よろしくお願いします。ネイサン少年」

ガッチリと握手を交わす二人であった。

「さっそくだけど、シャル」

「はい」

二人が手を放すや否や、すぐに本題に入る。

「シャルにネイサンを紹介したかったのは、『製紙』のことなんだ。ネイサンと協力して製紙について効率的な方法を模索して欲しい」

「承知いたしました！」

シャルロッテは「こんな年少者に」なんてことは言わない。

いつものように元気のよい返事と共に敬礼を返してきた。

俺が紹介した人物ならば、その能力があると信じてくれている部分があることは否定しない。

だけど、彼女は相手の年齢や身分なんてものを気にしない。

いや、気にしないようになったってのが正確なところか。

「一度、製紙の工程をネイサンと共に行った。彼の持つギフト『浄化』は必ず役に立つ。できれば浄化を使わずとも製紙を効率的に進める方法を模索して欲しい」

「紙は街の運営を行うにあたって最重要物資です。商店でも農家でも必ず必要になります！　そのような最重要製品を任せてくださり感無量であります！」

「原料については現状『スツーカ』しか発見できていない。スツーカはいずれ植林して生育させようとは思っているけど、もっと手軽に採取できる草木で代用できないかは俺が調べる」

「承知いたしました！」

おっと、ついシャルロッテだけと会話してしまった。

置いてきぼりになってしまった形のネイサンの方へ顔を向ける。

ペンギンがまだ彼の後ろでぺたぺたしていた……。

「ネイサン、忙しい合間になるとは思うけど、頼めるか」

「はい！　僕の浄化がお役に立てるのでしたら」

『役に立つどころじゃない！　大革命なのだよ！』

『ペンギンさん、こっちの言葉が分かるようになったの？』

『セコイアくんから同時通訳を受けているのだよ。残念ながら私の言葉はこちらの言葉にはならないがね。そこは物理的な問題だ。仕方あるまい』

必死なペンギンを無視して、ネイサンの肩をポンと叩《たた》き「頼む」と再度伝える。

彼は大きく頷《うなず》きを返し、笑顔を見せてくれた。

若干、無理やり頼んだような感じになってしまい申し訳ないが、任せたぞ。二人とも。

「シャル。話は以上だ。ペンギンさんは明日の会議にも来てもらうつもりだから、その時にでも」

「名残惜しいですが、街に戻ります。閣下、また明日に」

颯爽《さっそう》と馬に乗り、揺れる鮮やかな赤い髪に向け手を振る。

……。

相も変わらずネイサンの背後でフリッパーを振り上げていたペンギンを後ろからむんずと掴み持ち上げ……重くてあがらん。

「抱っこですか。それでしたら私が」

手を放した俺の横で中腰になったエリーが、ペンギンの両脇へ手をさしこみ軽々と持ち上げてしまった。

「ネイサン、ペンギンさんに張り付かれたままにしててすまなかった。先にこうしておけばよかったな……」

「いえ！　僕にとって頼りにされることってとっても嬉《うれ》しいことなんです！」

いい子やなあ……。うんうん。

お父さん、涙が出そうになってしまったよ。

謎の父性に目覚めた俺は、ネイサンの頭をわしゃわしゃと撫《な》でる。

『で、ペンギンさん、一体全体どうしてそんな必死なんだ？』

『ネイサンくんのギフトという能力さ。革新的過ぎてね。もう興奮が収まらないのだよ』

『ああ、浄化か』

『浄化？　いやいや、あれは「抽出」と言った方がいい。素晴らしいぞ！　触媒も面倒なろ過も経ずに精製まで工程を進めることができるのだ！』

興奮した様子だけど、エリーに抱っこされてパタパタ脚を振っている姿には思わずくすりときてしまう。

喋《しゃべ》りながらも鍛冶場の中に入る俺たちであった。

ネイサンのギフトが非常に有用なことは俺も分かっていたが、深い科学知識を持つペンギンは俺が感じるより遥《はる》かに感激していた様子だった。

当然だが、ここだと設備は現代日本と比べようもなく稚拙だ。

いかなペンギンといえ、やれることは限られている。

だが、ネイサンがいれば化学物質の抽出に関して、大掛かりな仕掛けも必要なくできてしまう。

もちろん、「浄化」のギフトは狙《ねら》った物質だけを左手から出すことなんて細やかな動きはできない。

例えば、海水を「浄化」し真水にする場合、塩だけを抽出して放り出すわけじゃあないんだ。

真水の方も、いわゆる精製水（純水）になるわけでもない。塩の方も不純物が混じっていることだろう。

簡単にはいかないだろうけど、純粋に科学だけでやるより遥かに前進できることは間違いない。

そんな科学的興味がつきない浄化のギフトはペンギンにとって大発見だった。

「これはどうだ？　これを浄化したらどうなる？」とペンギンがネイサンに頼んでいたところに俺がやってきて彼を引っ張って行ってしまったというわけである。

戻ると、早速というかなんというかペンギンがネイサンにせがみ、浄化を使ってもらっていた。

「興味深いのお」

これにはセコイアも目を輝かせ、彼らの様子を見守っている。

「セコイア。昨日《きのう》取ってきた鉱物に硝石は含まれていたのかな？」

「うむ。宗次郎《そうじろう》が『問題ない』と言っておったの」

「なら、バッテリーに必要な素材は集まったと思っていいのかな?」

「恐らく、じゃがの。肝心の宗次郎があれではな」

やれやれと肩を竦《すく》めるセコイアだが、ペンギンを止めようとはしない。

『ペンギンさん、バッテリーの件、頼むぞ』

『もちろんだとも。そのためにネイサンくんにも何かとお願いしているのだよ』

『そうだったのか。すまなかった』

『「その先」もお願いするつもりだがね。まずは、バッテリーと攪拌《かくはん》装置の二つからになるね。いやあ、これほど興味深いことが起こるとは。世の中何が起こるか分からないものだね』

この分だと、目的も見失わずに進んでくれそうだ。

ホッと胸を撫でおろす俺であった。

閑話四　ヨシュア追放後のルーデル公国　十四日目

ルーデル公国公都ローゼンハイム――。

「たった二週間だというのに、見てください。もうすっかり頭の毛が……」

「バルデス卿《きょう》、恐れながらそれは……」

「おっと、そうでしたかな」

頭髪が寂しくなっていた（三年前から同じ）バルデスは騎士団長の元を訪れていた。

ヨシュアが追放されて二週間。商店街、宮廷をはじめ様々なところに混乱をきたしていたが、衛兵だけは完全な規律を保っていた。

それは、騎士団長の尽力が大きい。

「騎士団長殿。おかげさまで農地は完全に治安が保たれております」

「元よりモンスターは駆逐しておりましたので、賊が農地に押し入ることもそうそうありますまい」

バルデスが騎士団長の元を訪れたのは、彼へ直接礼を述べるためだった。

一方で、騎士団長は謙遜《けんそん》し「農地」は元より混乱など起こっていないと言う。

騎士団長がそう言うものの、バルデスの考えは異なる。

商店街に混乱をきたし、暴徒が発生すれば農地が荒らされることは確実。

街は人の血液のように循環し、一つとなっている。問題なく血が巡っているのは騎士団長がいてこそであると。

「お聞きしておりますぞ。バルデス卿のご活躍を。老婆心ながら、少しお休みになられては？」

「ご活躍などと……せいぜい暴動が起きないようにするのが関の山です。農作物の生産が止まらぬようにするだけで精一杯です」

「さすが、ヨシュア様に抜擢《ばってき》されたお方だ！」

今度は逆に騎士団長が手放しにバルデスを褒めたたえる。

バルデスは今でこそ「卿」と呼ばれているが、元は平民である。

領地を持たない「法服貴族」に抜擢され、今は騎士爵という地位にあった。彼を平民から引っ張り上げたのは騎士団長の述べる通り、ヨシュアその人である。

騎士爵はヨシュアによって新設された貴族位で、貴族の中では最も低い位置にある。

それでも、貴族は貴族。公国の大臣という地位にだってつくことができる（ヨシュアが騎士爵であっても大臣につけるようにまでしたことは公然の秘密ではあるが……）。

ヨシュアはバルデスを騎士爵に引き上げる時に言ったものだ。

「いずれ、貴族ではなくとも大臣となれる公国にしたい。だが、今はまだ既存貴族の反発も大きいだろう。バルデスら騎士爵となった者がいずれ平民と貴族の橋渡しとなってくれることを願う」と。

バルデスは、自分を貴族の仲間入りさせてくれたことよりヨシュアの「平民が政治を司《つかさど》ることができる社会」にいたく感激したものだ。

騎士爵となる者が増えるにつれて、平民から雇われる文官も増えていった。彼らは高い役職にあるわけではないが、平民でも能力に応じて国に雇われる時代が確実にやってきていた。

それが――。

突然の追放だ。

バルデスの落胆は言葉では言い表せないほど大きい。

それでも彼はヨシュアの育てた公国を見捨てることなどできなかった。

後一年、いや半年、ヨシュア様の追放が遅くなっていれば……状況はまるで違うものになっていただろうとバルデスは思う。

というのは、ヨシュアの判断があまりに優れ過ぎていたため、大臣全《すべ》てがヨシュアの意見を求めてしまっていた。

これではまずいと大臣たちも重々分かっており、ヨシュア自身もまた事あるごとに判断の一極集中に苦言を呈していたものだ。

「判断を下す以外の仕事をしない」までにヨシュアの業務は減っていたが、大臣全てとなると寝る間を惜しんでも足らない。

彼はこれまで数度、判断機構の見直しを行った。

それでも、やはり大臣たちは頼ってしまったのだ。そこで彼は判断基準の構築手段として、法整備に乗り出していた。

法で細かなことまで決定できるようになれば、ヨシュアに頼るのは行政の良し悪《あ》しのみになる。

こうなれば、ヨシュアの一人一人にかけることのできる時間が増える見込みだった。そうすることで、ヨシュアは大臣それぞれが全ての事柄を判断できるようになるまで育てようとしていたのだ。

そんな矢先、彼は追放されてしまった。

結果、大臣たちの判断機構が鈍り、市井にまで混乱の兆しが見え始める。

だが、特にヨシュアが抜擢したバルデスをはじめとする一部の大臣たちは非常に優秀だった。

彼らはこの二週間で混乱の広がりを最小限に留《とど》めることに成功していたのだから。それでも、政務を進めることまでは至っていない。

コンコン――。

「騎士団長！　急遽《きゅうきょ》お耳に入れたいことがございます！」

「入れ」

特徴的な赤色の羽毛をあしらった兜《かぶと》をつけた衛兵が室内に入り敬礼する。

この兜はヨシュアが見るとコリント式兜がこの世界にもあったんだなという感想を漏らすに違いない。

コリント式兜というのは所謂《いわゆる》モヒカン兜のことである。

モヒカン兜を装着した若い衛兵は騎士団長へ目を向け、彼の言葉を待つ。

すぐに察した騎士団長は彼へ向け小さく首を振った。

「この方はバルデス卿。機密であっても問題ない。そのまま報告を頼む」

「ハッ！　申し上げます。ザイフリーデン伯爵が自立宣言をいたしました！」

「な、何だと⁉」

これにはさすがの騎士団長も驚きの声をあげる。

ザイフリーデン伯爵は公国北西部に領地を持つ貴族で、公国の北部にある帝国との繋《つな》がりも深いという。

バルデスはこれまでザイフリーデン伯爵と中央が不仲であるという噂《うわさ》など聞いたことも無かった。

不穏な動きを見せていた貴族が、反旗を翻すというのなら騎士団長もバルデスもここまで驚愕《きょうがく》することはなかっただろう。

「その話は誠ですか？　本当にザイフリーデン伯爵が？」

「はい。確かな情報です。ザイフリーデン伯爵は自らの領地で堂々と独立の趣旨を演説し、他国を含め公国内にも広く伝えるようにと喧伝《けんでん》しております」

バルデスの問いに衛兵は即答する。

衛兵はザイフリーデン伯爵は堂々と公国からの離反を宣言したのだと言う。

「一体何が目的なのだ……。伯爵の宣言内容は掴《つか》んでいるか？」

「いえ、詳細までは。引き続き調査いたします！」

再び敬礼し、衛兵が赤いモヒカンを揺らし部屋を辞す。

残された二人が押し黙ったまましばしの時が流れる。

重苦しくなった空気を先に切り裂いたのはバルデスだった。

「平和に過ぎたのです。ヨシュア様がもたらしたパックス・ルーデルの夢は……夢から覚めた公国は……」

「いえ、まだ悲観するのは性急ですぞ！　ザイフリーデン伯爵の目的を正確に掴まなければ、まずはそこからです」

「はい。彼の真意がどこにあるのか、が肝要ですね……」

「バルデス卿。本件に関して、何か情報を掴みましたら私にも共有していただけますかな？」

「もちろんです。騎士団長こそ、防衛の要《かなめ》。知り得る全ての情報はお伝えします」

「私も逐次、兵士をそちらに向かわせます」

「ありがとうございます！　共にこの難局を乗り切ろうではありませんか」

がっしりと固い握手を交わした騎士団長とバルデス。

二人の顔は決して明るくはなかったが、諦《あきら》めの色はない。

——ルーデル公国ローゼンハイム、中央大聖堂。

聖女が神に祈り、書類にサインが書かれる。この光景も文官たちにとっては見慣れたものとなりつつあった。

バルデスと並び、「ヨシュアの懐刀」と呼ばれるグラヌールもまた聖女の元へ足しげく通う者の一人だ。

夕刻も迫る時刻となり、聖女の元へサインをせがむ文官の数も少なくなってきている。

教会の前ですれ違った文官と挨拶《あいさつ》を交わし、グラヌールは奥へと進む。

しかし、目ざといというか何というか……。

グラヌールは公宮からここ大聖堂と呼ばれる小高い丘の上にある教会まで往復する馬車のことを思い出し、くすりと口元を緩める。

彼自身は未《いま》だ乗ったことがないものの、馬車の中には途中で寄り道するものもあると聞くから驚きだ。

それらの馬車はお昼時に食堂へ誘導してくれたり、軽食を売る露店に横付けしてくれたりするらしい。

商売人とはどのような苦境でもお金を稼ごうとする。頼りになるものだ。

そんなことを考えたグラヌールだったが、すぐに表情を厳しいものに変える。

不測の事態が起こっていた。

彼は軍事を担当する者ではない。だが、経済担当の大臣はどのような案件でも「お金」が関わると言って首を突っ込むことができるのだ。

今はその利点を存分に利用してやろう。

とグラヌールは思う。

「なるべく急いだ方がいい。『時は金なり』とヨシュア様もおっしゃっていたものだ」

聖女はいつも教会の最奥にいる。

今では馬車で来るようになったが、徒歩で公宮から来ていたころ教会に着いてからのこの距離に頭を抱えた者も多いという。

最奥の「祭壇の間」へ続く通路の先に扉はない。

通路からそのまま祭壇の間に入ることができるのだ。幸い他の訪問者はおらず、聖女は一人両膝《りょうひざ》をつき祭壇に向け祈りを捧《ささ》げていた。

その姿は静粛で一枚の絵画のようである。

黄金の光が窓から差し込み聖女を照らしていたとしても、自然に思えるようなそんな幻想的とさえ思える光景であった。

聖女に野心があるのではないだろうか？

彼女がヨシュアを追い出した後、グラヌールとバルデスは上記命題に対しさんざん議論した。

だが、答えはいつも決まっている。

彼女には野心どころか私心さえもないのではないか、と。

騎士団長も彼らと意見を同じくしている。

聖女は唯々《ただただ》聖教に、神へ尽くす存在で、彼女の生活は全《すべ》て「神」に捧げるものだと聖教は喧伝していた。

神の声を聞くことができる「神託」のギフトを持ち、神に尽くすためだけに生きる。

それが、聖女に選出されるための条件だった。

だからこそ、聖女は尊い。

俗世で最も尊き者である聖女は聖教の最高責任者として列せられるのも当然だ、というのが聖教の組織体制である。

聖女は尊く、誰からも敬われる存在であること――。

このことには、グラヌールとて同意する。

事実、彼女は気高き神の使徒であり、自分の時間など欲しいとも思っていない様子だった。

私心なく、神へ全てを捧げ、奉仕する。

グラヌールはこのことに対し、尊敬と畏敬《いけい》の念を禁じ得ない。

だが。

聖は俗に関わるべきではないのだ。

《神のものは神へ人のものは人へ》

彼はヨシュアが「政教分離を宣言」した時の言葉を思い出す。

ヨシュアに全幅の信頼を寄せるグラヌールでさえ、ヨシュアの政教分離宣言には思うところがあった。

全知全能の神を完全に政治から切り離すなど……烏滸《おこ》がましいのではないだろうか？　と。

実利の面から考慮しても、最高の知性を持つ神の言葉を無視して神より劣る人だけで判断するのは非効率ではないか、という懸念を抱いた。

しかし、ヨシュアが政教分離を宣言し、政治と宗教を切り離したところで政治に乱れは起きず、ヨシュアの下《もと》、公国は発展の一途を辿《たど》ったのだ。

「ヨシュア様はやはり、偉大なお方だった……」

誰《だれ》にも聞こえぬよう囁《ささや》くような声で呟《つぶや》いたグラヌールは、いよいよ聖女が祈る「祭壇の間」へ入る。

対する聖女は彼に背を向けたまま、祈りを捧げ続けていた。

グラヌールは、右の指先でひし形を切る。

考えてみれば聖女と共に祈りを捧げることができるなど、聖教としては名誉なことだろう。

彼は焦る気持ちをそう切り替えることで落ち着けた。

目をつぶり、祈る。

静かな時が過ぎ、いつの間にか祈りを終えた聖女が腰をあげグラヌールの方へ体の向きを変えた。

「書類への記名でしょうか？　それでしたら、祭壇にお載せください」

「いえ、お耳に入れたいことがございまして。急ぎこちらへ向かわせて頂いた次第です」

「そうでしたか？　いかがなされました？」

聖女の声は揺らがない。

彼女はこれまで文官からどのようなことを告げられようと動じたことなど一度もなかったとグラヌールは聞いている。

事実、彼女は「危急で重大な何かがある」と告げた彼に対し、眉《まゆ》一つ動かさない。

かといって、聖女は感情を神の元へ置き忘れてきたというわけではないだろう。

聖女は人としての感情を持つ。

慈しみの心、奉仕の心、全ての人に対する愛……などなど。

「ザイフリーデン伯爵が独立宣言をいたしました」

「そうですか」

話はそれで終わりなのですか？　とばかりに真《ま》っ直《す》ぐグラヌールを見つめる聖女。

その瞳《ひとみ》には一点の曇りもなかった。

対するグラヌールは背筋に寒いものが流れ落ちる。

聖女の純真な瞳に彼は恐怖さえ覚えたのだ。

一国の有力貴族が反乱を起こしたと伝え、国の最高責任者がそれをまるで問題視していない。

彼女は本当に俗世のことを何も知らぬのだ。

何が正で何が否なのかもない。彼女にとって俗世の出来事は全て平坦《へいたん》なものなのだろう。

「せ、聖女様。ザイフリーデン伯爵への対応はどうされますか？　騎士団長、軍事責任者も集め議論を交わしますか？」

「必要なことなのでしょうか？」

「……伯爵が攻め込んでくるような事態になることも予想されます。もちろん、我々で出来得る限りの情報は集めますが」

「グラヌールさん」

「はい」

彼の名を呼んだ聖女は、不意に両手を胸の前で組み、両膝を床につける。

突然の聖女の動きにぎょっとするグラヌールであったが、彼女のあまりに自然な祈りの姿に目が釘付《くぎづ》けになってしまった。

彼女の祈る姿は「尊い」。

誰しもにそう思わせるのは、彼女の俗世に対する疎《うと》さ……いや無関心がなせるわざなのだろうとグラヌールは考えを改める。

純真に唯々神へ祈りを捧げることだけに特化した彼女は、敬虔《けいけん》なる神の使徒であり、それゆえ、普通の人には持たぬ神々しさ尊さを備えているのだ。

「神は何も告げておりません。ですので、何もする必要はないのですよ」

「神託がですか?」

「はい。その通りです。ですが、神は別のことを告げました。急ぎ、はやり病の薬を準備してください」

「わ、分かりました」

「今は薬どころではないのでは」とグラヌールは思うが、神託の言葉は絶対。必ず薬は必要になると思いなおす。

第六章　魔法の回路をカガクする

ペンギンとセコイアを朝の会議に呼ぶようになってから、今日で丁度一週間になる。

農業、手工業、住宅、そして技術開発……様々なことが同時進行していて体がいくつあっても足りない。

そんな激務が集団でダンスしている中、俺は主に住宅建築を監督していた。

時折やってくるガラムとトーレの相手をしながら……だけどね。

おかげでほら——。

石畳を敷いている人たちを邪魔しないように反対側から立ち並ぶインスラを眺め、目を細める。

うーん。本当に作業が早い。

まさか一週間でここまで建築してしまうとは。

大工とその見習いたちの頑張りはもちろんある。だけど、自分たちの住む家だからと力仕事だけでも手伝ってくれた多くの人たちの支えあってのものだ。

そしてなにより、やはり魔法の存在が大きい。

木材を乾燥させる魔法をはじめとした、建築技術に関わる魔法は多岐に亘《わた》る。

コンクリートやモルタルを一瞬にして乾かしてしまうとか、無茶苦茶にもほどがあるってもんだよ。

しかし俺がいるのは住宅街ではなく、商業地区なのだ。

ここにももちろん人は住む。住宅兼店舗ってやつだよ。

住宅地区と違って、ここのインスラは一階部分が店舗となるようにできている。

だけど、俺が今見ているインスラの一角は様相が異なるのだ。

というのはだな……。

「ヨシュア様！」

褐色の肌をした巻き毛の男がこちらに向け頭を下げた。

彼がいるのは件《くだん》のインスラがある一階部分である。

隣を歩くエリーに目配《めくば》せし、彼女へ「ポールの元へ行くぞ」と暗に告げた。

彼女も俺の指導のおかげか分からないけど、ようやく指示をせずとも隣を歩いてくれるようになった。

いつまでも護衛モードで後ろを固められると、こう何というか落ち着かないからな。

「そういやエリー」

ポールの元へ向かいながら、足並みをそろえる彼女の名を呼ぶ。

名を呼ばれた彼女はピタッと歩みを止めた。

いや、そんなに気合を入れて次の言葉を待たなくたっていいんだけど……まあそれも真面目《まじめ》な彼女らしいか。

くすりときて口元に手をあてたが、彼女は気にした様子もなく顎《あご》を少しあげ俺を見つめるばかり。

ほんと何気ないことだったんで、却《かえ》って言うのが憚《はばか》られる気がしてきたよ。

でも、言ってしまうのが空気を読まない俺である。

「髪を縛ったのも新鮮でよいと思う。その方が動きやすいのかな？」

「は、え、は、はいい」

あれ、何か地雷を踏んでしまった？

ほら、風に揺れる長い艶《つや》やかな黒髪がエリーだったじゃない。それが今日は後ろで髪を括《くく》っている。

こちらの方が髪が絡まることもなく、何かと動き回る俺の護衛にはよいのじゃないのかなと思ったってわけだ。

やべえ。真《ま》っ赤《か》になってしまって、指先がぷるぷると震えていらっしゃる。

「ご、ごめん。咎《とが》めるとかそんなつもりじゃあなかったんだ」

「あ、あのけっして、こう、うなじをなんてことをバルトロさんから言われたわけでは……」

「うなじ？」

「い、いええ。な、何でもありません。や、やはり似合わないですよね。私はこうアルルのように快活な雰囲気ではありませんし」

「いやいや。そんなことないって。たまにはイメージを変えるのもいいことだと思うよ。それに、結んだ方が動きやすくない？」

「よ、よいって、よ、ヨシュア様が」

「あ、あのお。エリー」

「は、はい！」

「ポールが待っている。行こうか」

こいつは何を言ってもエリーが動揺してしまうと悟った俺は、うなじとやらまで真っ赤にしたエリーの手を引きポールの元へ向かう。


「どうだ？　強度は？」

「問題ありません。上層階は十分倉庫として機能するでしょう」

着くなり早速ポールへ用件を尋ねる。

すると彼は、細い目を更に細め笑顔を見せた。無表情で立っていると鋭い目とシャープな輪郭から強面《こわもて》なポールだったけど、笑うと途端に柔らかく見えるから不思議なものだ。

「そうか、よかった！　必要あれば補強してくれ。穀物は重たいからな」

「はい。このインスラはヨシュア様が開発されたコンクリートに加え、基礎を鉄の棒にしております。正直、公都の城壁より遥《はる》かに強度が高いと思います」

ふ、ふふふ。

そうか、完璧《かんぺき》か。素晴らしい、素晴らしいぞ。

このインスラはしばらくの間、食糧の集積所にしようと思っている。

領民がそれぞれ食糧を配給していることを知った俺は、屋根のある場所で作業ができるように、そして、安全に食糧を保管できるようにと計画した。

それ故の特別製インスラである。

建築面積も他のインスラの二倍ほど。現在の人口規模からしたら大きすぎるかもしれない。だけど、将来ここは中央卸売市場的なところになることを期待している。

二階から四階までは全《すべ》て倉庫として利用できるようにしたからな。

コンクリートはただ型をとって流すだけでは脆《もろ》い。

そこで、鍛冶《かじ》場では木の杭《くい》を入れコンクリートで塗り固めた。このインスラの中に入っているのは鉄骨なのだ。

そう、鉄筋コンクリート製のインスラを建造したってわけである。

一週間、主に住宅建築へ顔を出していたのもここの建築を見るためだった。

もちろん、トーレ、ガラムの両人にも協力してもらっている。彼らは新技術に対し、嬉々《きき》として手伝ってくれた。

「レンガの化粧も問題ありません。剥《は》がれ落ちてくることもないでしょう」

「見た目こそ、他のインスラと似ているけど強度が段違いって感じかな」

「おっしゃる通りです。しかし、ヨシュア様。あなた様のことです。これだけではありますまい」

「これだけとは、鉄筋コンクリートのこと？」

「はい。何か他に目的があり、ここを鉄筋コンクリート？　で作るよう実験なさったのだと」

「さすがポール。そうだよ。ここは試金石のつもりだ。もちろん、必要だと思ってここを鉄筋コンクリートにしたんだけどね」

「やはりそうでしたか！　トーレさんとガラムさんのあの様子……ただ事ではないと思っておりました。あなた様はいつも二手、三手先を見据えておられる」

ガラムたちの目が血走っていたのは、別に次のことがあるから……じゃあない気がするけど。

次はもちろんある。

鉄筋コンクリートを模索したのも、次があるってことが大きな理由だ。

ターゲットをこのインスラにしたのも、理由あってのことだけどね。簡単に崩壊されたら困るからな。

オラクルの街において、食糧を担う中心地になるのだから。

「橋の建築については聞いているだろう？　やるならなるべく頑丈なものにしたいと思ってさ」

「なるほど。橋は増水するとすぐに壊れてしまいます。この素材ならば、崩れぬ橋を建造できるやもしれませんね！」

「やってみないと分からないけど。橋は中々の難工事になると思う。新技術も試すからね」

「そいつは楽しみです。住宅建築も落ち着いてきましたし、私もちょくちょく大工事に参加させていただいてもよろしいですか？」

「構わないけど、大工さんたちはポールがいないとじゃないのか？」

「そこはご心配なく。我々もカンパーランドに来て以来共に過ごしておりますし」

「分かった。無理のない範囲で頼む。ポールがいるなら心強い」

ポールとガッチリ握手を交わす。

「こんなところにいおったのか。はよ」

人が感動的に握手を交わしているというのに……この声はセコイアだな。

確かに彼女とこの後お出かけする約束はしていた。

ペタペタ――。

触れられた肩口に冷たさを感じ、思わず握手する手を放してしまう。

ペタペタの正体はペンギンのフリッパーだった。

ペンギンの背丈と短いフリッパーなら、俺の肩までは背伸びしても届かないんじゃ。

振り向くと、セコイアがペンギンを両手で掴《つか》み抱き上げていた。

ペンギンとセコイアだと若干ペンギンの方が背が高いわけで、巨大なぬいぐるみを抱え上げる幼女の姿はパパにぬいぐるみをせがむ子供のようにしか見えない。

俺、パパじゃあないけどな！

『時は金なりだよ。ヨシュアくん』

しゅたっと右のフリッパーをあげ、カッコいいセリフを決めるペンギンであったが、足先からぼたぼたと水が垂れているしセコイアに掴み上げられたままだしで、見た目とセリフが合ってなさ過ぎる。

「ずぶ濡《ぬ》れだけど、一体？」

「そこじゃよ。ほれ、野菜を洗う用とかいって蛇口を準備しておったじゃろ」

「あ、洗い場のシンクで遊んだのか」

「うむ。あの蛇口は魔道具じゃろ？　魔石の目途がついておらぬというに」

「魔石の在庫は確かに心もとない。井戸水に切り替えてもいいか」

手動の汲《く》み上《あ》げポンプを設置すれば、ぎーこぎーことポンプのレバーを上げ下げするだけで水が出てくる。

日本でもまだ一部地域に残っているだろう、あれ。

『ペンギンさん。井戸用の汲み上げポンプの構造は分かる？』

『さして複雑なものでもないよ。トーレ氏の技術ならすぐにでも製作可能さ』

『おお、よかった。トーレに後程図面を教えてもらってもいいかな？』

『承知した。汲み上げポンプは必須《ひっす》だろうね。手軽に水浴びができるというものだ』

さすがペンギン。彼に任せておけば大丈夫そうだな。

水浴びをしたいというペンギンならではの欲望もありそうだから、きっとすぐに動いてくれるに違いない。

「汲み上げポンプかの。興味深い。じゃが、はよ。ヨシュア」

「分かった分かった」

急《せ》かすなあ本当に。

いや、他の人も待たせちゃっているかもしれないのか。

となれば、悠長に構えずとっとと行かないとだな。

「エリー。ペンギンさんを鍛冶場まで連れて行ってもらえるか？　できれば魚も獲《と》ってあげて欲しい」

「畏《かしこ》まりました。護衛はセコイア様にお任せする、でよろしかったでしょうか？」

「うん。彼女がいれば大丈夫」

深々とお辞儀をしたエリーは、セコイアからペンギンを受け取る。

歩かせればいいのに、そのまま抱っこなのね。

セコイアは腕を伸ばし自分の体にペンギンが触れぬようにしていた。しかし、エリーは胸に抱きかかえるようにペンギンを抱っこしているので――。

「エリー、濡れるぞ」

「問題ありません。すぐ乾きます」

「乾くまでそのまま進んだ方がいい」

「畏まりました」

ペンギンが「そろそろ降ろせ」とばかりに足をパタパタさせているが、エリーは俺の指示通りペンギンを抱きかかえたまま歩き始める。

ブラウスが濡れて透けちゃったらと思ってのことだ。

中央卸売市場（予定地）のインスラから外に出たら、馬車が待ち構えていた。

御者台に乗るはバルトロ。

この分だと窓から見える大きな影がガルーガかな。

俺の姿を認めたバルトロがウインクして御者台からひょいっと飛び降りる。

実に絵になる……。俺もああいう感じでワイルド感を出していきたいものだ。

「よお、ヨシュア様」

「しかし、よく準備できたもんだな」

「そこはほら、魔法って奴《やつ》だぜ」

「バルトロも魔法が使えたんだっけ？」

「いんや。そこはほら」

バルトロの視線の先には俺とお手々を繋《つな》いでご満悦な様子のお子様が。

自分が注目されたと気が付いたお子様は狐耳《きつね》をピンと伸ばし空いた方の手を腰にやる。

「ボクの魔法にかかれば、およそ不可能なことなどないのじゃ」

「はいはい。続きは馬車で聞くから」

冷たくあしらったら、セコイアが馬車までぴょーんと跳ねて行ってしまった。

とんでもないジャンプ力だな。

凡人たる俺は、ゆっくりと馬車の中に入るのだった。

「ヨシュア殿。運び込みはしましたが」

「ガルーガ、作戦内容を聞いていないのか」

狭い車内の隅で肩をまるめ小さくなっていたガルーガが積み上げられた樽《たる》を右手で支えている。

樽は車内を埋め尽くし、座席にまで積まれていた。

大柄なガルーガだと身動きすることも大変だろうな、これ。

よく集めたもんだよ。

「ガルーガはバルトロと一緒に御者台へ。俺が中を見るよ」

俺に些事《さじ》をなどと渋るガルーガの背中を押して、御者台に移動してもらう。

俺なら問題なく座席の空いた隙間《すきま》に座ることができるからな。樽が倒れてきた時は……そうだな。

「ほれ、セコイア。ここが空いている」

「分かっておるじゃないか」

ポンポンと膝《ひざ》を叩《たた》くと、嬉《うれ》しそうに尻尾《しっぽ》を振ったセコイアがちょこんと腰かける。

セコイアガードがあれば、俺に危害が加わることもないし、樽が倒れそうなら動物的な勘で支えてくれるだろう。

若干暑苦しいのが玉に瑕《きず》だけど……。

「こら、じっとしてなさい」

子供のように足をパタパタさせるのはまだいい。

だが、狐耳。てめえはダメだ。

ちょうど狐耳のさきっちょが俺の鼻をくすぐりやがるのだ。

「はっくしょん」

俺のくしゃみが合図となったか分からないけど、馬車が動き始めた。

ガラガラガラ――。

馬車の車輪が出す規則的な音にうつらうつらきそうになりながらも、俺の膝の上に座るセコイアへ問いかける。

「まさか森の奥まで行くとかはないよな？」

「無論じゃ。これだけの荷物、抱えて行くには時間が惜しい」

「バルトロに場所を伝えているのか？」

「うむ。鍛冶場から少し上流辺りに開けた場所がある。周囲に高い木もないからちょうどよいじゃろ」

「分かった。頼りにしているぞ。野生児」

「頼りにするなら、ほれ」

もう、しゃあねえなあ。

しっかりと仕事をこなしてくれよ。機嫌をそこねて黒焦げってのは止《や》めて欲しいからな。

セコイアの頭に手を乗せたところで、すぐに手を引く。

それに合わせて狐耳もペタンとなった。

分かりやすいな、狐耳！

「うまくいってからにしよう。ここでぽわーんとしてしまったら失敗しそうだ」

「万が一にもそんなことないわい。万が一があったとしてもじゃ、ボクやバルトロもいるじゃろ」

「俺というお荷物がいることを忘れないでくれよ」

「問題ない。じゃから、万が一をと思い、宗次郎《そうじろう》を置いていくのじゃろ？」

「うん。二人護《まも》るとなると、と思ってさ。ガルーガとバルトロは戦闘の心得があるようだし。何とか自分で身を守ってもらう」

「……バルトロが『戦闘の心得がある』とか言っておったのか」

「いや、俺の想像だけど……だから探索をお願いしていたりしたんだけど、ひょっとしてやっぱりハサミしか扱えない？」

「……まあよい。バルトロのことは心配せずとも問題ない」

よかった。

俺の思い違いじゃあなくて。

万が一があった場合は、バルトロとガルーガには自分で何とか身を潜めてもらい、俺はセコイアガードで行く。

とか何とか懸念しているけど、万が一は万が一であってまず起こらないと思っているけどね。

◇◇◇

「ヨシュア様。俺とガルーガで運ぶから、そこにいてくれ」

「え、いや。でも一つくらいは」

「一つならボクが運んでやろう」

「ううん」と樽を持ち上げようとして、腰がギシギシ悲鳴をあげていたらバルトロに止められ、あげくはセコイアに横から樽をかっさらわれてしまった。

「待て、セコイア。一つくらいは俺が！」

「なら、持ち上げて見せよ」

セコイアが手を放すと、ドシンと音を立てて樽が床に戻る。

よおおし。見ていろよ。

ぐわしと両腕をがっしり樽につけ、中腰になって。

いざ行かん。

「ぐうおおおお」

ぐぐぐ、あ、あがった。

あがったよね、樽。

し、しかし。腕が。

「せめて、自分の腰くらいまでは持ち上げられると思ったのじゃが」

「まだだ、まだ終わらんよ」

ふう。

ん？　樽はどうしたのかって？

そらもう、すぐに手を放したよ。危うく樽がコロンと倒れそうになったところをセコイアが片手で支えてくれた。

勘違いしないで欲しい。

俺が運べないと言っているわけじゃあないんだ。時間も惜しいから、セコイアがやったに過ぎないってことを。

いやあ、あの重さを軽々と持ち上げるとか幼女なのは見た目だけだな。うん。

「何か嫌な視線を感じるのじゃが？」

「気のせいだ。そのまま馬車を降りるがよいぞ。セコイアよ」

「気持ち悪い口調をしおってからに」

樽を運ぶセコイアの背を見つめながら、彼女の後から馬車を降りる俺であった。

いやまあ、丸太のような腕をしたガルーガがひょいひょい持ち上げているのは分かる。

引き締まっているが細身のバルトロが軽々と外に樽を並べているのは、日本じゃあ有り得ないことだ。

この世界の人たちはマナという力があるから、地球にいる人間に比べて見た目通りの筋力を持つわけじゃあない。

だったら、俺もそれなりの筋力があってもいいじゃないか。

しかし、現実は非情である。どうやったら、せめてバルトロの半分くらいの筋力を持つことができるのだろう？

力こそパワーとか俺も言ってみたいよ。

そういや、エリーに軽々と持ち上げられてぴょーんとされていたよな俺。

激務が落ち着いたらランニングと筋力トレーニングくらいはしようかな、いや、その前に惰眠を貪《むさぼ》ることが先だ。うむうむ。

「何を考えてニヤニヤしているのか分からぬが、準備が整ったぞ」

「お、そうかそうか」

「誰かが持ち上げるとか意気込まなければもっと早く終わっておったがの」

「それは言わない約束だぜ」

腕を組み片耳をペタンとするセコイアのやれやれが少し可愛《かわい》いと思ったのは秘密だ。

お子様な見た目だから、おどけているととっても可愛く見えちゃうんだよな。もちろん、子供として。

「嫌らしい目をしおって。欲情しておるのか？」

「いや、全く」

ぽかぽか。

背中を叩かれた。

セコイアは目ざといのか鈍感なのかどっちなのかよく分からなくなることがある。

彼女の真意を知りたいとも思わないけどね。

「ヨシュア様はそこでじっとしていてくれよ」

「オレとバルトロが必ず、護る」

◇◇◇

積み上げられた樽の前で両手を広げるセコイア。たぶん目をつぶって儀式を始めるのだろう。

七メートルほど離れたところに陣取るは俺たち残り三人だった。

だけど、前が見えん。

バルトロとガルーガが身構えた姿勢で俺の前に立っているからだ。

膝を少し落とし、いつでも得物を抜ける迎撃態勢なのはいいんだけど、ガルーガが巨体過ぎて前が見えんのだ。

む、むむ。

あの光はセコイアの足元に描かれた魔法陣か？

きっと今、スカートがめくれて黒いパンツが見えているはず。

特にパンツには興味がないのでどうでもいいんだけど、樽の様子が見たいのだ。

――ウオオオオオン。

遠く……東にある森の方から猛獣の咆哮《ほうこう》が聞こえた。

ここまで聞こえてくるとは相当大きな声で叫んだに違いない。

さて、頼んだぞ。野生児。

交渉がうまくいけばいいんだが……。

「うむ。うむ」

野生児もといセコイアが相槌《あいづち》を打つ声が耳に届く。

どうなってんだあ。

ハラハラしながら、彼女の「うむうむ」を引き続き聞いていたら猛獣の唸《うな》り声が止まった。

「もうよいぞ」

「どうだった？」

「あっさりし過ぎて拍子抜けじゃった。すぐにここに参ると」

「おおお。よかった。これだけ集めてもらった甲斐《かい》があったな」

「とっておきの甘い蜜《みつ》じゃと伝えたからの。奴《やつ》め。この木の蜜のことは知っておったぞ。じゃが、奴の体躯《たいく》じゃあ、せいぜい垂れてくるものを舐《な》めるくらいじゃ」

「元々、好物だったのかもしれないな」

「そうかものお。甘い物に目が無いから、食べ物で釣ろうというキミの作戦がはまったの」

「ははは。動物ってのはやっぱり食べ物が一番だろ」

「そのように単純な者ばかりじゃあないがの」

そう、この樽《たる》の中身は全《すべ》てカンパーランドシロップなのだ。

カエデの木を見分けることは簡単だけど、樹液を集めることはすぐにとはいかない。

木に切れ目を入れて、樹液が溜《た》まるのを待つんだけどそこはセコイアの魔法で解決したってわけだ。

木が枯れないか心配だったが、彼女が問題ないと言っていたから、問題ないはず。

「ヨシュア様、来たぜ」

バルトロの言葉が終わるや否や、藪《やぶ》の向こうがガサリと揺れた。

補足だが、いる場所はガルーガが指し示してくれている。だから俺でも藪が揺れることに気が付けた。

姿を現した甘い物好きの猛獣。

バチバチと青白く光り輝く放電が美しい猫科を彷彿《ほうふつ》させる獣は、ゆったりとした足取りでこちらにやってきた。

そうこいつは、俺が愛してやまない魔獣「雷獣」だ。

きっとペンギンも雷獣を間近にしたら目の色を変えるに違いない。

しかし見惚《みと》れていてはいけないのだ。こいつは紛れもなく危険度マックスの魔獣なのだから。

圧倒的な猛獣の気配にガルーガの両腕の毛が逆立つ。俺の視界を塞《ふさ》ぐもう一方の人物であるバルトロは顔だけ後ろに向け「にいっ」と笑みを浮かべた。

いや、俺のことはいいからちゃんと前を向いていてくれよ。目を逸《そ》らした隙に電撃が直撃で黒焦げとかもあり得るんだからな。

俺の心配をよそにセコイアはおもむろに樽を一つ抱え上げ、横倒しにする。

ゴロゴロ――。

セコイアが両手で勢いよく樽を押すと、派手な音を立てて樽が転がり始めた。

向かう先は雷獣一直線！

お、おおおい。

もうちょっと穏便に行こうぜ。

何てヒヤヒヤしていたら、雷獣が右前脚をあげ転がってきた樽をベシンと打ち払ったじゃないか。

うわあ。

樽は一撃でひしゃげ、中からあまーいカンパーランドシロップが垂れてきた。

雷獣はペロペロとカンパーランドシロップを舐め、すぐに顔をあげる。

彼は真《ま》っ直《す》ぐにセコイアを凝視し、対するセコイアは両手を組み「うむうむ」と頷《うなず》きを返す。

「ここに取引は成立した」

セコイアがあまりにあっさりとそんなことを言うものだから、「本当かよ」と疑う気持ちの方が強くなってしまった。

樽二つ分のカンパーランドシロップを平らげた雷獣は背中をビリビリと青白く帯電させ、ぐるりと首を回す。

満足していただけたのだろうか？

うひゃああ。ギロリとこっちを見たよ！　眼光だけで体の芯《しん》が冷える。

俺でさえ、この猛獣のやばさを感じるのだから、雷獣はやっぱり相当やべえモンスターなんだな。

「ヨシュア様。心配しなくていいぜ。敵意はまるで感じない。さっきも、ヨシュア様を見ただろ？」

「睨《にら》んでいたけど」

「目つきが悪いだけだ。ガルーガみたいにな。ははは」

いやいや、笑い事じゃあないって。

草食？　いや、草食寄りの雑食？　で大人《おとな》しい魔獣だとセコイアから聞いているけど、とてもそうは思えん。

だって、口を開いたら牙《きば》がずらああっと並んでいるんだぞ。

「ヨシュア殿。もう安心してもいい。雷獣が現れた時のような緊張感はもうない」

「そ、そうなのか」

今度はガルーガが「問題ない」と俺に告げる。

逆立っていた彼の毛が元に戻っていることから、彼の言うことは嘘《うそ》ではないのだろう。

俺の方へ体ごと向けた彼は丸太のような腕で前を指し示す。

その先にはいつの間にか雷獣の顔の前までにじりよったセコイアの姿が。

彼女はすっと雷獣の首元に手を伸ばす。

なんと雷獣は彼女の手が届きやすいように前脚を屈《かが》め、首を少しだけ上にあげたではないか。

喉元《のどもと》というのは多くの生物にとって弱点である。

重要で脆《もろ》い器官を自ら晒《さら》すことは、信頼の証《あかし》と言い換えてもいい。

セコイアはふさふさの雷獣の毛に手をうずめ、反対側の腕も伸ばし雷獣の首に抱き着く。

対する雷獣は嫌がりもせず、彼女にされるままになっていた。

「よい毛並みをしておる。ヨシュアがついつい落ちた毛を拾いたくなったのも頷けるのお」

雷獣の首から体を離したセコイアが失礼なことをのたまいやがった。

「いやいや、待て。誤解されるような言い方はよせ」

すかさずセコイアに突っ込みを入れたが、彼女は涼しい顔で俺の言葉をスルーする。

「見ての通り、雷獣はボクらを受け入れた。まあ、樽が無くなるまでの約束じゃがな」

「それだけの樽があれば数日は協力してくれるってことだな」

「そうじゃの。さっそく、鍛冶《かじ》場のほとりまで戻るとするかの。ヨシュアも触れてよいぞ」

「い、いや、それは……またの機会にな」

足首のところと背中がよく帯電しているから、感電しそうだし……。

触れるのはセコイアに任せよう。

いずれにしろ雷獣のことはセコイア全面監督になるからさ。

◇◇◇

『おおおお。これは非常に興味深い。あの青白い光は帯電しているのかね？』

予想通りペンギンが大興奮し、フリッパーを振り上げてあらぶっている。

あの後すぐに雷獣を連れて鍛冶場の裏手辺りに戻ってきたんだ。

すぐにエリーに抱えられたペンギンが鍛冶場から出てきて今に至る。

ちなみに、ペンギンはエリーから降りることさえ忘れているのか、彼女に抱きかかえられたまま嘴《くちばし》をぱくぱくしていた。

見た目は非常に間抜けだが、彼の聡明《そうめい》な頭脳はフル回転していることだろう。

「セコイア。毛束を少し頂いてよいか聞いてもらえるか？」

「尻尾《しっぽ》辺りならいいぞと言っておる」

「了解。では失礼して、あ、セコイア、頼む」

「やれやれじゃな」

ビビッて近寄らない俺の代わりに物凄《ものすご》く嫌そうな顔をしたセコイアが指先をシュッとやり、雷獣の尻尾の先にある毛を刈る。

『ほう、それは？』

『電球のフィラメントに使ったところ、長時間の使用に足ることが分かったんだ』

『タングステンの代わりとなる素材を発見したのかね。ヨシュアくん、君の発想は素晴らしい！』

『たまたま当たっただけだよ。ほら、これだけ電気を帯びていて光っているならと思ってさ』

『雷獣の毛はタングステンとはまるで異なる素材だ。加工もしやすいだろう。性質を研究するまで何とも言えないが、他にも応用できそうだね』

『だよな！　だけど、それは後回しだ』

『うむ。セコイアくん頼みになるが』

余りにフリッパーをパタパタするから気を利かしたエリーがペンギンを地面に降ろしてくれた。

そのまま抱きかかえていた方がいいと思うんだよな、俺。

ほら、吸い込まれるように雷獣に向けよちよちと進み始めてしまった。

雷獣に触れることは高圧電線に触れるようなもんだぞ。危ないってば。

「エリー。ペンギンさんをいいと言うまで抱っこしておいてもらえるか？」

「畏《かしこ》まりました。では、失礼して」

フラフラと進むペンギンの後ろから手を伸ばしたエリーが再びペンギンを抱え上げる。

抗議するように足をフリフリしていたペンギンだったが、ようやく自らの興味と命を天秤《てんびん》にかけることができたのか足の動きが止まった。

『すまない。つい、興奮してしまってね』

『いや、雷獣に気軽に触れることができるのはセコイアくらいだよ』

『そうだね。どれだけの電気が流れているのか。絶縁体があったとしても、燃え落ちてしまいそうだ』

『え？』

『まさか、スツーカの樹液やらゴム素材やらがあれば平気とは君も思っていまい』

『は、はは。もちろんだよ』

や、やべえ。

絶縁体があれば大丈夫なんて思っていた自分を殴り飛ばしたい。

幸い、雷獣から何かされることがなかったから良かったものの……。

おっと、ペンギンとあーだこーだ言っている場合じゃあない。せっかく雷獣が協力してくれる貴重な時間なのだ。

肝心のセコイアはセコイアで雷獣と戯《たわむ》れている……あれ、いない。

「ここじゃ」

「うわあ」

どこにいったとキョロキョロしたところで、いきなり上からにゅーんとセコイアの顔が伸びてきた。

鼻がくっつきそうな距離で。

どうやってんだろ？　と思ったら空中に浮いている。

それも頭を下にして。

スカートくらい自分で押さえたらどうなんだ……エリーがしかと落ちて来ないように支えてくれているからいいものの。

片手でペンギンを支えながら、セコイアにまで手を伸ばすなんて器用だなあなんて思うかもしれない。だけど俺が抱いた感情は別であった。

確かペンギンって、俺が両手で抱えても重たくてなかなか持ち上がらなかった……よな？

「座るがよい」

「お、おう」

あぐらをかくと、その上にすとんとセコイアが収まった。

彼女がペンギンを手招きすると、それを見たエリーが正座して膝《ひざ》の上にペンギンを乗せる。

そして、セコイアがペンギンのフリッパーを掴《つか》んだ。

「触れていないと『見えない』のか？」

「うむ。視覚共有は中々に複雑での。触れているのが一番やりやすい」

「分かった。頼む」

俺の膝の上で目をつぶったセコイアが集中状態に入ると、俺とペンギンがいる場所を含む地面に淡い光で描かれた魔法陣が浮かび上がってくる。

すぐに魔法陣は消失したが、俺の体に何ら変化はない。

「これで『見える』のか？」

俺の問いかけにセコイアはんーと顎《あご》をあげ、何かを思いついたかのようにエリーへ目を向ける。

「うむ。目を凝らし、そうじゃの、エリー」

「はい」

「ヨシュアの横にしゃがんでくれるかの」

「畏まりました」

エリーが俺の右隣に座り直した。膝の上にはちゃんとペンギンも乗っている。

ええと、彼女を見れば分かるのかな。

じーっと彼女の顔を見つめるが、何も分からない。

集中しろ。必ず「見える」はず。

あ、顔を逸《そ》らされてしまった。

「見つめ合えとは言っておらん。エリーの胸の辺りを見てみよ」

「おう」

さすがに胸を凝視するのはまずくないか……。

しかし、セコイアがただセクハラするためだけに、「見ろ」とは言わないはず。

お、おおお。

彼女の胸から腕へとぼんやりとしたオーラとでも言えばいいのか、謎のもやもやが動くのが見える。

「見えたか？　それが魔力《マナ》の動きじゃ」

「おお。心臓からマナが巡るのかな？」

「そうじゃの。丹田か心臓か、人によって異なるが、体の中心を見ると分かりやすいのじゃ」

セコイアにかけてもらった魔法は「魔力を見る目」を一時的に共有するものだ。

これで雷獣の魔力の動きを見て、どうやって帯電するのか観察できないかなと思って。

詳しい解析はセコイアに任せるとして、俺とペンギンはセコイアと別の視点で考察できるかもしれないと彼女に頼んだんだ。

え？　もちろん、「魔力を見る目」のことなんて知らなかった。彼女に相談したところ、そんな魔法があるからって教えてくれたってわけ。

「それじゃあ、観察を開始するとしますか」

「うむ」

セコイアがぴゅーっと口笛を吹くと、雷獣がゆっくりとした足取りでこちらにやってきて、三メートルくらい離れたところで伏せの体勢になった。


ほうほう。これは興味深い。

学問として魔法を捉《とら》えるとしたら、マナを見ることなんて初歩の初歩なのだろうけど、俺にとってはとても新鮮に映る。

この世界の物理法則を垣間見《かいまみ》たような、そんな気持ちまで抱かせてくるのだから。

さてさて観察対象はというと――。

雷獣は伏せの体勢で頭を地面につけじーっとしている。

つぶさに観察していると彼の呼吸の動きに合わせて背中が上下しているのが見て取れた。

青白く輝く帯電も呼吸に合わせてバチバチと動く。

足首の方はリラックスしているからなのか伏せの体勢だからなのか分からないけど、帯電していない。

マナの動きは帯電している背中に集中しているってわけじゃあない模様。

ううむ。

もう少しマナの動きを追えるようにならないと、「マナが見えるだけ」で何が起こっているのかまるで分からないな。

何しろ、雷獣は全身が濃いマナで満たされていてマナの動きが捉えにくい。

透明な水に一滴の青インクを垂らせば動きは分かりやすいが、元から青い色の水へ青インクを入れたとなると動きが見え辛《づら》い。

「どうですか？」

「んー。雷獣がマナを使っているということ以外、何にも分からん」

「うんうん」唸《うな》る俺に隣で座るエリーが下から覗《のぞ》き込むようにして問いかけてくる。

対する俺は首を振りはあと息を吐いた。

膝の上ではセコイアが超集中状態に入っていて、体がピクリとも動かない。ペンギンも余程集中しているのか先ほどから一言たりとも言葉を発さないでいた。

「ヨシュア様は呼吸が見えますか？」

「うん、雷獣が呼吸をしている動きは分かる」

「そうではなく、マナの呼吸です」

「んん。そうか、空気中にもマナが充満していたんだったな。俺も少しはマナを空気中から取り込んでいる？」

「僅《わず》か、ではありますが。ヨシュア様は生命維持活動以外にマナを殆《ほとん》ど使用しませんので、食事からでだいたい賄えています」

ガクリときたが、全くマナを意識していなかった俺でさえ生命維持のためにマナを使う。この世界の生命体は全《すべ》てマナを含む。マナは炭素みたいに生きていく上での必須《ひっす》元素と捉えればよい。

すううっと大きく息を吸い込み、ゆっくりと息を吐く。

目をつぶった方がいいかな。

目をつぶり、再度大きく深呼吸を行う。

ゆっくりと目を開け、雷獣ではなく彼の座す上空へ目を向ける。

凝視するでなく自然に、そう、ここに在ることが当たり前だと言うように。

お、おお。

砂埃《すなぼこり》より遥《はる》かに細かい微粒子が見えた気がした。

希薄で、自然に溶け込み太陽の光に反射することもない。

在ると分かってなければ決して見ること、いや、認識することができないだろう。

この独特な微粒子は。揺らぎとでも言おうか、空気中にある僅かな何か。

「見えたかも」

「では、マナがどのように動いているのか追ってみてください」

エリーの言葉に導かれるように雷獣の傍《そば》にある微粒子を注視する。

お、おお。

確かに雷獣の体に吸い込まれていった。マナは雷獣の体からも口からも吸収されていっている。

その中でも特に吸収量が多いのは口からだ。

口から吸い込まれたマナを追うことで先ほどまで捉えきれなかった動きが手に取るように分かった。

「おおおお。なるほど！」

『こいつは興味深い！』

俺とペンギンの言葉が重なる。

ひょっとして気が付くのが同時だった？

マナの動きが見えればなんてことないことだったんだけどね。

『ペンギンさん、雷獣の毛が触媒になりマナが電気に変換されたと見えたんだけど』

『私も同じ見解だ。私の知る仕組みであれば、バイオルミネセンスが一番近い』

『生物発光だっけ？』

『そうだとも。バイオルミネセンスはルシフェリン－ルシフェラーゼ反応だが、雷獣の帯電もマナ反応の一種なのだと予想される』

俺もペンギンと似た見解だ。

セコイアが「魔法はただ念じるだけで発動するものではない」と説明してくれた。

化学式に似た術理があり、脳内か体に刻まれた刻印かその辺は人それぞれだけどマナをどのように変換するのか組み立てる必要がある。

人間やそれに類する知的生命体は、コンピューターの回路のように術を構築し発動させるとのこと。

マナは構築式によって炎にもなり氷にもなる。セコイアのように熟達した魔法の研究者ならば、構築式を研究し様々な魔法を使いこなす。

じゃあ、魔法は知的生命体だけのものなのか、というとそうではない。

以前セコイアから聞いた通り、この世界の生き物は本能的に様々な魔法を使うことができる。

雷獣なら雷だな。

雷獣は体内に集めたマナを巡らす際に、毛を通過させ電気とする。

『となれば……。術式は毛にあると見ていいのかな』

『恐らくだがね。毛にある術式を読み解き、逆向きに動かせば電気がマナとなると推測できる』

『魔法の術式は俺じゃあとんと分からんな』

『私もだ。図にできるものなのだろうか。図にさえできれば、分析可能なのだがね』

『バッテリーが必要なのかどうかさえ分からないな……』

『バッテリーは環境構築に試してみる価値はあると思われる。セコイアくんの結論次第だがね』

ペンギンの話が難し過ぎてついていけなくなってきたぞ。

あ、そういうことか。

空気中にマナは充満している。雷獣はマナを取り込み電気と成す。

逆向きに考えれば、電気が充満している空気中から電気を取り込みマナと成すとなる。

って、自分でそう考えてバッテリーが必要なんじゃないかって結論に至ったじゃねえか。

何でも自分なりの言葉に変えてみないと、なかなか理解が進まないよな。

そういう意味で共通言語ってのは偉大だ。皆が同じ学問を体系的に学ぶことで、固有名詞に対する認識が一致する。

これほど便利なものはない。

といっても、俺とペンギンじゃあこの辺が限界だな。

セコイアはまだ集中状態。

後は待つことしかできない。その前に。

「エリー。ありがとう」

「いえ、ヨシュア様ならばすぐに気が付かれたと思います」

大きなヒントをくれたエリーにお礼を言ったが、彼女は恐縮したようにはにかみ謙遜《けんそん》する。

そんな俺たちのやりとりをよそにペンギンが左のフリッパーをあげ、嘴《くちばし》をパカンと開く。

『さて、セコイアくんをこのまま待っているのも勿体《もったい》ない』

『どこに？』

『なあに、腹ごしらえだよ。今のうちに食べておけば後から食べずとも済むだろう？』

『カタツムリをぺしーんとしに行くの？』

『そうだね』

いや、ペンギンよ。自分の歩く速度を分かっているのか？

ルビコン川を越えるのはすぐだろうけど、カタツムリが川岸にいたらまあいい。

そうじゃなくて林に入ることになったら、どんだけ時間がかかると思っているんだ。

「エリー、魚を獲《と》ってきてもらってもいいかな？」

「畏《かしこ》まりました」

ペンギンを地面に置いた後、すっと立ち上がったエリーは足音を立てずに川岸へ。

水面を見つめたエリーが腕を振り上げたと思ったら、魚がぴちぴちと岩の上を跳ねた。

相変わらず彼女がいつ腕を振るったのか確認できん……。

◇◇◇

「ほう。ほうほう。こんなのを頭の中でイメージしていたのか……」

鍛冶《かじ》場の中には図面を引くためにトーレからもらった大きな紙とそれに合わせたテーブルがあるのだ。

だからトーレの口調みたくなっているってわけじゃあないんだけど……。

雷獣の分析を終えたセコイアに説明を求めたところ、鍛冶場の中まで引っ張られ紙を用意しろとのたまったのだ。

言われるがままにトーレから紙をもらって、テーブルに載せた。

するとセコイアが椅子の上に乗って、墨でかきかきし始めたってわけなのだよ。

こいつがまあ、複雑な立体図形の組み合わせでねえ。

よくこんなものを記憶して、紙に描けると感心する。

え？　全くなんのこっちゃ理解できないけどな。

「あのお。セコイアさん」

「なんじゃ、もう少しじゃから待っとれ」

「いや、いきなりですね、図面を描かれてもとんと分からんのですよ」

「気持ち悪い口調をしおって。じゃから、少し待て。ボクも記憶しているうちに書き記したいのじゃ」

「あいあいさ」

後ろから覗き込んだら、しっしと手で払われた。

いつもなら寄りかかってくるところだけど、この態度からセコイアが余程真剣なのだと理解できた。

茶化してしまったことに反省はしているが、謝る気はない。ははは。俺は悪い奴《やつ》なのだ。

仕方ない。待つか。

その場であぐらをかき、セコイアの作業が終わるのを待つことにした。

ん？　エリーはともかく、俺以外誰《だれ》もセコイアに注目している人がいないって？

ペンギンは雷獣の毛を科学的に分析すべく準備中だ。後で情報共有してくれと頼まれている。

いやいや、鍛冶場なのだからペンギン以外にもこういうことに群がってくる親方たちがいるだろうって？

うん、いる。

だけど、彼らはもう……。

「ヨシュア坊ちゃんは飲まないのですか？　なかなかにいけますぞ」

「悪くない。悪くない」

すっかりできあがっていた。

鼻を赤くしたガラムとトーレはお酒に夢中である。

弟子たちがつまみを準備し、彼らもまた酒の輪に加わりもう収拾がつかないことは確実だ。

ネイサンだけはまともだけど、杯をつぐのに忙しい様子。

彼らが飲んでいるのはグアバ酒である。アルコールが熟成してきたので、試しにと持っていったところえらくお気に召したらしく、今晩中には樽《たる》が空になりそうだ。

無くなる前にバルトロ、ルンベルク、そして俺の分だけは確保しておいた方がいいかもしれない。

エリーとアルルはまだ未成年だからお酒はノーサンキューにしておこう。

いや、飲んでも別によいんだけどね。これまで彼女らがお酒を嗜《たしな》む姿を見たことがないからという理由からだ。

一応公国の基準だと、年齢制限はない。だけど、慣習的に子供にはお酒を飲ませないようにしている。

あ、ペンギンが連れて行かれた。

飲んで大丈夫なのだろうか。生物学的に。

『これは？』

『うん、グアバの実から作った果実酒だよ』

両フリッパーで器用にコップを持つペンギンの疑問の声に俺が答えておく。

彼の言葉は俺にしか分からないからな。

ちょ、待て。

嘴をパカンと開いて、一息に飲んじゃったよ。

『ほう。これは悪くないね。今日のところは仕事も終わりとしよう』

『いつも働き過ぎだから、ゆっくり休んで欲しい。だけど、お酒を飲んで大丈夫なの？』

『まあ、問題なかろう。ペンギンだけに』

『ペンギンだから心配なんだって』

『いざという時はセコイアくんに何とかしてもらって欲しい』

ちょ、ネイサンもあっさりとお代わりを注《つ》いでいるし。

まあ、ペンギンも元は成熟した大人だった。体の様子を見ながら飲むくらいの気遣いはするだろう。

やれやれと肩を竦《すく》めたところで、机に向かっていたセコイアが墨から手を離す。

「よし、完成じゃ」

彼女はうーんとばかりに両手を伸ばし背筋を反らしている。

「作業が終わったところで悪い。場所を変えないか？　ここはこれから更に騒がしくなるに違いない」

「そうじゃの。ボクも参戦したいところじゃが、キミの誘いじゃからの」

「夕飯は我が家でご馳走《ちそう》するよ」

「うむ。食事の後は書斎じゃな。ヨシュアのベッドでも構わんぞ」

「それはちょっと……」

やんわりとお断りしつつ、セコイア、エリーと共に鍛冶場を後にした。

◇◇◇

食事の後、セコイアから複雑怪奇な図形が描かれた図面を見せてもらったものの当たり前だけどまるで理解できなかった。

図面を見るのは諦《あきら》め、魔法の構築について基礎から聞いた方が良いと判断。

「隣に来てもよいのじゃぞ」

「俺は椅子でいいから。そこに行けばセコイアが説明してくれなくなる気がしてな」

自室のベッドでセコイアがゴロゴロ転がりながら、俺を誘う。

しかし俺は椅子に座ったまま動くものかと決意している。

絶対に誘いに乗ってはダメだ。ベッドに行かないと喋《しゃべ》らないとか言い出しても、決して。

「やる気が起こらんのお」

「喋ったら行くから」

「えー、どうしようかのお」

「よし、それじゃあ今日はお開きにしよう、うん。もうヘロヘロだしな、グアバ酒を飲んで寝よう。セコイア、またあし……むぐう」

「冗談じゃって」

飛び掛かられて口をふさがれた。

体を揺するが、後ろから俺の肩に足をひっかけたセコイアは身体能力が異常に高く振り落とされそうにない。

決して動かないという意思を通したままではよかった。しかし、こう来るとは。

「はあはあ」

「魔法の基礎じゃったの」

「お、おう」

「基本はこれじゃ」

セコイアは机の上に置いたままのメモ用紙に羽根ペンでさらさらと大きさの異なる立方体を二つ描く。

立方体は縦に重なっている。

「これが魔法の構築？　これを頭の中で思い描くの？」

「うむ。図形の組み合わせ方によって発動する魔法が変わるのじゃ」

ふ、ふうむ。

魔法の構築とは立体図形で描かれた回路とでも捉《とら》えればいいのか。

単純な魔法構築だったら、大きさの違う立方体を積み上げるだけで発動する。

だけど、複数の立体図形を……それもさっき見た帯電の立体回路のように複雑になったら頭の中で妄想するのは無理だろ。

「魔法を扱うには生まれ持った素質と想像を絶する長年の研鑽《けんさん》がいるな……」

「そうじゃろうそうじゃろう。ははは」

コンピューターが無いと訓練をしていない俺には全く以《もっ》て取り扱い不可能だ。

図面に起こしてもらって覚えるのなら、あ、そういうことか。

魔法を学習する場合、まず図面を正確にトレースして頭の中に思い浮かべることから開始するのかな。

セコイアのような研究者のレベルにまで到達すると、描かれた図形の意味をミリ単位で把握し組み替えるのだろう。

「こいつはタフな学問だな。先人が残した魔法の構築回路を脈々と受け継ぎ、発展させてきたってことか」

「うむ。先人の遺産はとにかく重要じゃ。紙が安価に製造されるようになったのも、元を辿《たど》れば魔法のためじゃな」

「そういうことか！」

必要は発明の母をこの世界では科学ではなく魔法が担っていたのかも。

ちょっと語弊があるけどね……。この世界にだって科学技術はある。だけど、魔法の便利さがそれを遥《はる》かに凌駕《りょうが》しているんだよ。

建物を建築するのにだって科学技術は必要である。だけど、魔法を基礎とした技術も併用して使う。

それが、この世界の理《ことわり》なのだ。

「さてと、魔法のことが少し分かったところで」

「ほう？　何か掴《つか》んだのかの？」

「うん。理解を放棄する。だから単刀直入に聞こう」

ずっこけそうになったセコイアを支え、「ふふん」と自慢気な顔で彼女に告げる。

「マナの流れとセコイアから聞いた魔法の構築回路を総合するに、雷獣の毛に魔法の構築回路が刻まれている、で合っているか？」

「その通りじゃ。キミのその割切りは嫌いじゃあない。そうじゃの。何もキミが魔法の深淵《しんえん》を理解せずとも『何をしているのか』が分かれば判断がつくというわけじゃの」

「うん。魔法の回路を解明し、構造を逆向きにすることで電気がマナに変換されると考えていた。それで魔法について尋ねたわけなんだけど」

「ふむ。一朝一夕では理解できぬと悟ったというわけかの？」

「その通り。餅《もち》は餅屋にだ。魔法の構築回路を空想することで魔法が発動する。だけど、雷獣の場合は体に刻まれているんだったよな」

「うむ。雷獣の毛に魔法術式が描かれておる」

「それって、物理的なものなのか？　例えば、とある物質を組み合わせて……とか」

細胞単位でとある並びになっているとか。構築回路を構成する物質があって、それが立体図形を描いているのか。

魔術的で視覚できない「マナ」とかでなく、物理的な物質であれば科学的に解析もできなくない。

科学は生物の構造を調べ、バイオルミネセンスの仕組みを解明した。他にも蜂の巣が何故《なぜ》強靭《きょうじん》なのか、クマバチはあの小さな翅《はね》で何故飛べるのか？

などなどあげればきりがないほど、生物の仕組みを解明しそれを工業製品に組み込み活用してきた。

物理的に分析できるものであれば、科学的アプローチが可能だ。

「物質……というのは概念が分からぬが、『見える』のじゃよ。キミも見ただろうて、マナの動きを」

「セコイアだと俺やペンギンさんより遥かに微細な動きまで見えるから、構築回路（立体図形）も読み解けるってことかな？」

「うむ。カガクで魔法を読み解く。非常に興味深い。いずれキミと共に研究したい。じゃが、今ではないのだろう？」

「それってどういう意味だ？」

「キミや宗次郎は戦いに長《た》けた者ではない故に気が付かぬことがある。ガルーガやバルトロ辺りなら真っ先に考えることじゃがの」

ん、んん。

戦いの心得……じゃあないな、モンスターに対する時に考慮する必要がある事柄ってことか。

話が飛躍しているけど、セコイアのことだ。何か意味があって問いかけているに違いない。

「出会ったら逃げる。もしくはセコイアガード。それ以外にモンスターや猛獣に対処する方法なんて考えたことがないな」

「……迂遠《うえん》な聞き方じゃったな。一つ言っておくと、ヨシュアは逃げることを考えん方がよい」

「え、ならどうしろと」

「ボクの後ろに隠れる以外はモンスターの餌じゃな」

どんくさいから逃げる前に捕まってガブリで終了とはハッキリと言ってくれるじゃねえか。

うん、その通りだから仕方ない。逃げることができるのは、逃げる実力がある者だけだ。

は、ははは。

乾いた笑いが漏れた。

対するセコイアは「うわあ」とあからさまに嫌そうな顔をしつつも、切り替えて説明を続ける。

「モンスターというものは、得手不得手があるのじゃ。炎竜は氷に弱く火に強いとかの」

「ふむ。雷獣は稲妻に強いとかか」

「そうじゃ。例えばじゃ、フレイムビーストのように体から炎があがっているモンスターだとどうなる？」

「水をかければダメージを与えられそうだ。ん、待てよ。なるほど、フレイムビーストとやらは知らないけど、わざわざ火で例えてくれたんだな」

「うむ。冒険者なら気にするが、ヨシュアにとって弱点はどうでもよい」

一言多いんだからもう。

俺にとってモンスターを討伐するための手助けになる情報なんて意味がない。

本命は「火に強い」という部分……つまり耐性だ。

鉄をも溶かす高温に包まれたモンスターが、いくら自分が出した炎とはいえ普通なら体が耐えられるわけがない。

ひょっとしたら鉄が溶ける温度でもビクともしない物質で体が構成されているかもしれないけど、その線はまず無いだろう。

体が運動をするには適性な温度ってのがある。トカゲなんか分かりやすい。

昼間は活動的で冷える夜になると体の動きが鈍くなる。

高温が最適なモンスターは、少しでも体温が落ちる、ましてや常温になったら全く動けないどころか冷えて死んでしまうんじゃないか。

寝ている時も高温を発していたら、食事もままならない。食糧が燃えてしまうからな。

なら、炎で包まれた内側の部分は水の沸点よりは低い温度だろうと予想される。

じゃあ、どうやって体の温度を保っているのだろう？　と考えていくと答えは「耐性」があるからと推測できる。

つまり、体の温度を保つために、毛に触れた炎もしくは熱そのものをマナに変換しているんじゃないかって。

言い方を変えれば、炎を発する「逆向きの回路」が発動しているってことだ。

「理解した。つまり雷獣の毛は稲妻をマナに。マナを稲妻に。どちらもできるってことだよな？」

「うむ。魔法の術式を解明する必要がないことは分かったかの？」

「それならそうと、最初から……」

「ヨシュアがいつもボクにしてくれていることをしたまでじゃ。自ら『気づく』ことで生かすことができるのじゃろ？」

「そっか。ありがとう。セコイア」

「褒めるなら頭を撫《な》でるがよい」

わしゃわしゃ。

言われた通り素直にセコイアの頭とついでに狐耳を撫でまわす。

しかし、狐耳を撫でるのはすぐにやめた。変な声を出すから……。

言われるがままに彼女の頭を撫でるのは、心から称賛したいと思ったからに他ならない。

単に「撫でろ」と言われても、絶対に撫でたりなんかしないのだ。

「言い換えれば、周囲が電気で満たされていればマナに変換できるってことだな。なるほど、バッテリーの仕組みに似ている」

「ほう。カガクと魔法の術式が似ているとは興味深い」

「魔法の構築回路の考え方は、科学と似ていると思う。雷獣の協力一日目で良い収穫だったな。ありがとう、セコイア」

「褒めるなら……むぐう」

「さっきもう撫でただろ」

セコイアの口を塞《ふさ》ぎ、その先を言わせないようにした。

雷獣の毛は電気が過密だと電気をマナに。電気のないところにマナを通すと電気に変換される、と考えればよい。

厳密には気になるところがいくつかあるけど、今確かめるべきことは電気がマナに変換されるところのみ。

どうやってマナを流せば電気になるのか、雷獣がやったように圧倒的な放電をするんだったら放電したらすぐに電気が過密になってマナになるんじゃないのか、なんてことは考慮しない。

他のことを考慮するのは、バッテリーに雷獣の毛を入れてみてマナに変換できなかった時だ。

バッテリーは電気を流すと充電し、電気がなければ放電する。

「よし、今日のところは解散だな」

「一緒に寝てもよいのじゃぞ」

「分かった分かった。エリー！　お客様がお帰りだ」

扉の向こうに向け叫ぶと、すぐに自室の扉が開く。

「こら、猫娘、何をする！」

「ヨシュア様、いいの？」

エリーの名を呼んだが、やってきたのはアルルだった。

彼女はすぐさまセコイアを後ろから羽交い締めにしてズルズルと引きずる。

しかし、セコイアが抗議の声をあげるとピタリと動きを止めた。

そこで彼女は可愛《かわい》らしく首をかしげ、俺にどうすべきか尋ねてきたのだ。

対する俺は「うむ」と頷《うなず》き、しっしと手を振る。

「おやすみ。セコイア。また明日」

「うぬううう。今に見ておれよおお」

「もう少し落ち着いたら、相手をするからさ。セコイアといると科学と魔法談義が止まらないだろ。寝ないともたん」

「仕方あるまい。じゃが、このままずるずると引っ張られていくのは情けない気がするのじゃ」

扉口までずるずるされていったセコイアはそんなことをのたまった。

彼女の言葉を受けたアルルはピタリと止まり、彼女へ屈託ない笑みを浮かべ尋ねる。

「おんぶする？　セコイアさん？」

「自分で歩くわい」

パパッとアルルから離れたセコイアはずんずんと歩き始めた。

アルルがペコリと頭を下げパタリと扉が閉まる。

「ふう」

ベッドに寝転がると自然に大きなため息が出てしまった。

風呂《ふろ》にもまだ入っていないけど、一日くらい入らなくても全く問題ない。

着替えもしていないけど、一度寝転がるともうダメだな。立ち上がりたくなくなる。

セコイアだけでなく鍛冶場《かじ》に詰めているペンギンやトーレたちには世話になりっぱなしだからなあ。

すげなくして申し訳ないって気持ちは強い。

先日もバッテリーの件で俺が抜けてて——。


——三日前、鍛冶場にて。

住宅を見ていたが、ペンギンから連絡があったので急ぎ鍛冶場に来た。

一抱えほどある長方形のガラス容器をペンギンがフリッパーで掴み、よたよたと歩く。

危なっかしくて見ていられん。

『どこに移動させるんだ？』

『言われてみると、わざわざ移動させずともよいか。こいつは不良品だからね』

『ん？　その小さな水槽みたいなのってバッテリーじゃないの？』

『試作品だがね。君が材料を揃《そろ》えてくれたので作ってみたのだが』

『すげえ。俺の知っているバッテリーより一回りくらい大きいけど、そこは問題ないんだよね?』

『そうだね。そこは問題じゃあない。これは蓄電池の中でも最も普及し、かつ最も古くからある鉛蓄電池だ。失敗品だがね』

すげえな。ペンギン。

材料を揃えればと言っていたけど本当に鉛蓄電池を作ってしまうとは。

だけど、失敗品と言っていたな。何でだ?

ガラスなら硫酸に溶けないはずだけど。

首を捻《ひね》っていると、ペンギンから失敗の理由を語り始めた。

『耐久性の問題だよ。最適化されていないものだから、液体の容量が大きくなってしまってね。ガラスだと割れてしまう懸念がある』

『持ち上げた時に水の重さが偏るから、ってことか』

『その通り。外枠を鉄なりなんなりで補強する必要があるね』

『なるほど。もうひと手間必要ってことかあ。鉄で外を補強するまでとなると、お手軽に量産するってわけにもいかなくなるかな?』

『使いどころだと思うがね。いや、待てよ。私たちは固定観念が過ぎた』

『あ、そうか!　確かに』

習慣って怖いよな。

ペンギンも俺と同じことに囚《とら》われていた。

バッテリーと聞いてイメージするのは持ち運んで使うものだ。車のバッテリーにしたって車に固定はされているけど、移動式だものな。

だから、持ち運んで使うものだという認識があった。

だけど、今回俺たちがやろうとしているのは電気からマナを作ることである。

電気が満たされたプールを作ればいいだけで、何も移動させる必要はない。

後々、移動させることを前提としたバッテリーが必要になれば、鉄で補強するなりすりゃいいってことだ。

なんだとばかりにペンギンのフリッパーとぱーんと手を打ち合わせたところで、じっと俺たちの様子を窺《うかが》っていたセコイアが口を挟んでくる。

「バッテリーとやらはできたのかの？」

「うん。あとは充電するだけだ」

「さっそく試してみないのかの！」

目をキラキラ輝かせるセコイアに、俺も全力で同意だ。

ところが、ペンギンから思ってもみない突っ込みが入る。

『ヨシュアくん、ＡＣ－ＤＣコンバータ（整流器）は作ったのかね？　それらしきものが見当たらないのだが』

『あ……』

完全に抜けていたあああ！

ギアを改良した水車発電機は安定して発電してくれるようになった。

そこでまたしてもすっかり満足してしまっていたのだ。

磁石またはコイルを回転して発電する方法でできる電気は交流電流である。

「コンバータとは何じゃ？」

聞いたことのない単語にワクワクした様子のセコイアがすぐに疑問を口にする。

「コンバータ……整流器のことなんだけど。水車で発電した電気は、そのままだとバッテリーの充電に使えないんだ」

「ふうむ。興味深い。整流器という名前から察するに電気を整えるのかの？」

「目の付け所がよいな！　その通りだ。水車から発電した電気はくるくると磁石を回して電気を作るから電流の方向も量も一定じゃないんだ」

「そいつを整えるってわけじゃの」

「そそ。すっかり忘れていた……」

繰り返しになるが、コイルまたは磁石を回転させて発電すると交流電流になる。

動かして発電するのだから、電流が一定じゃあない。バッテリーに充電するには電流を一定……

つまり直流にしなきゃならん。

それを実現するのが整流器……コンバータの役割ってわけだ。

しかし、どうやって作る？

現代日本だったら、俺でも簡単にAC－DCコンバータを製作することはできる。だけど、この世界にはコンバータの材料となるダイオードないんだよな。

『コンバータをまだ製作していなかったのかね。すぐに準備するとしようか』

唸《うな》る俺をよそにペンギンがこともなげに告げる。

『いやでもさ、コンバータを作るにはダイオードが……』

そうなのだ。お手軽にコンバータを作製できるのはダイオードがあるから。

ダイオードと呼ばれる半導体はほんの小さな部品で安価なものだ。

だけど、ダイオードを作るとなると俺の手に余る。ペンギンだったら可能なんだろうか？

俺のイメージに過ぎないのだけど、精密な機械工学が必要なんじゃなかったっけ、ダイオードの製作って。

ところがペンギンは意外なヒントを与えてくれた。

『ここには素晴らしい技術があるじゃないか。見事な電球だった』

『そうか！　真空管か！』

なるほど！

二極真空管は立派なダイオードの一つだ。二極真空管を使えば整流器となる。

この世界には「真空にする魔法」という素晴らしい技術があることを失念していた。

真空の魔法は凄《すご》すぎるんだぞ。密封した後から空気だけを抜くことができるのだから。

こうなれば、密封さえしっかりできれば真空にするのは容易《たやす》い。

『でも、ペンギンさん、真空管の概要とか分かるの？』

『問題ない。君だとてある程度は分かるだろう？　電球を製作できたのだから』

『試験管みたいなガラス容器の中を真空にして、電極をつけて……だっけ』

『概《おおむ》ねそのようなものだね。トーレ氏とガラム氏の技術ならすぐだとも。真空にするにはセコイアくんの力を借りればよい』

『お、おおお』

嬉《うれ》しくなって、ついついセコイアと共に小躍りしてしまった。

魔法と科学の融合。素晴らしい。


――なんてことがあったりして、ペンギンに真空管のことを頼んだりしていたんだよね。

バッテリーのこと一つにしてもみんなに頼りっきりだ。

元々一人で何とかできるとは思っていない。

みんなの協力あってこそ、街の建築・運営が成り立つ。

俺は旗振りをしているに過ぎないんだ。

といっても、激務に激務なんだよ！　だからもう、眠くて眠くて仕方がないんだ……。

すまん、みんな。ありがとう。

感謝の気持ちを心の中で思い浮かべたところで急速に眠気が襲ってきた。

エピローグ　カガクトシの萌芽《ほうが》

翌朝――。

昨日《きのう》は最後の方、二極真空管のことを思い出しているところまでは覚えていたんだけど、その後何を考えていたのか覚えていない。

糸が切れるように意識が飛ぶとはまさにあのようなことだな。うん。

朝の会議が終わった後、向かったのはもちろん鍛冶場だ。

電気をマナに変換する雷獣の毛、水車による発電機、バッテリー、後はコンバータが揃《そろ》えば準備が整う。

残すところのコンバータとなる二極真空管は完成したとペンギンから報告があった（朝の会議でね）。

というわけで、コンバータの確認が終われば、いよいよ電気をマナに変換できるようになる見込みだ。

何のかんので結構な時間がかかってしまった。だけど、これがゴールではない。

ゴールはマナから魔石を作ること。

マナが作れたところで満足してはいけないのだ。

ふんふんと鼻息荒く、アルルを背に乗せ馬が走る。

馬は飼育の手間がかかるけど、時は金なり。移動時間短縮には欠かせない存在だ。

地球だと馬以外の騎乗可能生物は少ない。ラクダが最適な地域などあるにはあるけど、馬が支配的な騎乗生物といっても過言ではない。

この世界でも馬が一番メジャーな存在ではあるけど、お金をかければより速く移動できる生物を揃えることも可能である。

みんなの憧《あこが》れ、空飛ぶ飛竜であったり、超大型馬と例えられる八本脚のスレイプニルとか。

「アルルは好きな騎乗生物とかってある？」

「わたしは。ヨシュア様と一緒なら」

俺の肩に手を乗せ、俺の後ろから覗《のぞ》き込むようにしてアルルが猫耳をピコピコ揺らす。

女の子は騎乗生物と言われても興味はないかあ。

乗り物に乗ってワクワクする男の子は多いのだけどね。

「落ちないように気を付けろよー」

「はい！　あ、アルル。ヨシュア様と一緒に。空を飛びたいな」

「空かあ」

「うん！」

俺はあまり飛びたいとは思わないなあ。落ちたら真っ逆さまだし。飛行機と違って密閉された空間に入るわけじゃあないからな。

怖いったらありゃしねえ。

あ、そうだ。

空を飛んでみたいだけなら。

「ハングライダーは……いや、ここは定番の気球の方が」

「はんぐらいだー?」

「風に乗って滑空する翼みたいなものだけど、上空で風を感じて爽快《そうかい》らしいぞ」

「おもしろそう!」

ハングライダーはアルルとかバルトロみたいな人にお任せするとして、俺が使うなら気球の方がいいなあ。

あ、パラシュートならそもそも空から落ちるものだし、俺でも使えそうか?

この時は冗談めかして言っていたことが、まさか後々引っかかってくるなどこの時の俺は思いもしなかった。

◇◇◇

「いよいよだな。待っててくれてありがとう」

俺が鍛冶場《かじば》に到着すると、既にペンギン、セコイアはもちろん職人たちまで集合しバッテリーを取り囲んでいた。

「しんくうかん？　はここでいいのですか？」

「宗次郎《そうじろう》、うむ。その線を下の金属が出ているところへ巻き付けるのじゃ」

最後の仕上げだろうか、ペンギンに聞きながらのセコイアがネイサンに指示を出している。

真空管は試験管の下部に電極を取り付けたような見た目をしていた。

これだけ精巧なガラス細工、金属加工技術はトーレとガラムがあってのこと。試験管の中を真空にしたのはセコイア。設計はペンギンだ。

電気で魔石を作りたい。

俺の想《おも》いをみんなが形にしてくれた。

感慨深く眺めていたら、ガラムの弟子であるドワーフの一人が発電機のレバーを引き発電を開始させる。

二極真空管の繋《つな》ぎ先は先日作製した裸電球。

電気が流れたことを示すかのように裸電球が光り始めた。

「お、おおお。何度見ても不思議なものじゃの」

「セコイア、先日の魔法をかけてもらえるか？　俺とペンギンさん以外にもマナの動きが見えない人を含めて」

感激し両手を胸の前で組むセコイアへ、すかさずお願いする。

水を差すようで悪いけど、彼女に頼まないと確認すらできないからな。

「心配せずとも、キミと宗次郎以外は全員『見える』。それにもうすでに二人に魔法をかけている」

「お、おう。いつの間に」

魔法の効果が付与されているらしいけど、かけられたことを知覚できないとは。

魔法ってのは本当に厄介極まりない。

電球が光ることが確認できたので、一旦《いったん》発電機を止め、本命のバッテリーへ回路を繋ぐ。

さて、いよいよだ。

やってくれと目で示すと、ドワーフがレバーを引く。

どうだ？

バッテリーを凝視し、マナよ出てこいと祈る。

見つめる先はバッテリー水槽の中に入った雷獣の毛束だ。

お、おおおおお！

もやもやが出てきている！

雷獣の毛束からマナを示すもやもやが出てきているぞ！

「きたきたきたー！」

『お、おお。感慨深い』

ペンギンのフリッパーと自分の手を打ち付け合う。

俺たちの反応を見た他のみんなも歓声をあげ、俺とペンギンと一緒になって喜んでくれた。

だが、セコイアだけは腕を組んだまま麻呂眉を寄せ口をへの字に曲げているではないか。

「何か問題があったか？」

「いやの。マナは確かに出ておるのじゃが、ほれ、バッテリーからマナが抜けていっておる」

「確かに。水の中にできた泡が水面に浮かぶかのように……するすると、ガラスも素通りしているじゃないか」

マナを発生させたのはよい。

しかし、マナを留《とど》めておくことができないのか。

「囲めばいけるかの」

「マナが逃げないように魔法的な何かで密封するってこと？」

「うむ。方法はいくつかあるのじゃが、手持ちのものとなると」

ゴソゴソと腰についたポケットからセコイアが取り出したるは、銀色のきめ細かな糸だった。

糸は小さな枝に巻かれた状態で、バッテリーを覆うほどの量には足りないように見える。

何しろセコイアの小さなぽっけに入っていたものなのだから。

「それ……」

「……待っとれ」

鍛冶場の隅に置かれた宝箱をパカンと開け、中から先ほどと同じ色をした糸が巻かれた糸巻きを取り出すセコイア。

あの箱はセコイアの私物入れだったのか。他にもいくつか箱が並んでいるけど、それぞれの持ち物が入れられているのかもしれない。

何しろつい最近までみんなの家は無くて、馬車で寝泊まりだったからなあ。

作業をする鍛冶場に私物を運び込んでいても不思議じゃあない。

何事も無かったかのようにセコイアが糸巻きを掲げ、俺とペンギンに見せる。

「これはアラクネーの糸じゃ。マナを遮断する力を持っておる」

「おお。これを巻き付ければいいのか。それとも布にする？」

「時間も惜しい。すぐに試したいからのお。魔法で糸を紡ぐとするかの」

ちょいちょいとセコイアに足の辺りを突《つつ》かれ、彼女の目線が床に向く。

座れというのかな。

その場であぐらをかくと彼女は俺の膝《ひざ》の中に納まり両目をつぶる。

両手で持つ糸巻きの下辺りに光で描かれた魔法陣が現れひとりでに糸が動き始めた。

アラクネーの糸はバッテリーの表面をなぞるように動き、あっという間に布と化していく。

「こんなものじゃろ」

「セコイア。こっちにも頼む」

バッテリー用のガラス蓋《ぶた》を指さし、こちらにもアラクネーの糸で紡いだ布を張り付けてもらった。

よし、どうなるかな。

慎重に蓋をして、様子を眺める。

が、糸が透明なわけじゃあないから中が見えん……というわけじゃあなくて不思議なことにもやもやがバッテリーの中に溜《た》まっていく様子はつぶさに観察できた。

魔法的な事象だから、物理的におかしいとかそんなものは蚊帳の外ってわけか。

この状態でも観察できることは幸いだ。

今度はマナが漏れ出すこともない。

「よっし。じゃあ、検証として検体をいくつか入れよう」

内包する魔力を全《すべ》て使ってしまってただの石となった元魔石、川原《かわら》で拾ってきた石、ここで集めた金属のうちいくつかをバッテリーの中に投入する。

今日はこのまま電気を流しっぱなしにして、翌日にどうなっているのか調査することとなった。

◇◇◇

昨日《きのう》バッテリーの中に安置したサンプルたちの結果が気になるところだが、そいつは後回しだ。

何しろ、これからオラクルの街最大のプロジェクトが始まるのだから。

そんなわけで鍛冶場のほとりにあるルビコン川の川岸に集まれる限りの領民たちが集合している。

特に俺から周知したわけじゃあないんだけど、警備を任せている仮面の騎士ことリッチモンドと最低限の衛兵以外は来ているような気がする。

その数、千名以上。

どうやら更に領民の数が増えているようだけど……、最新の報告では千三百名の領民がいると聞く。

領民全体の数から考えるとおよそ八割近くの領民が集まった計算だ。

農業など外せない人たちもいるからな。それでも、集まり過ぎだろうとは思う。

ハウスキーパーはバルトロ以外の三人がこの場に来ており、俺の後ろで控えている。

おもむろにルンベルクが俺の前で片膝《かたひざ》をついたかと思うと、顔をあげしかと俺の目を見つめてきた。

「どうした?」

「恐れながら、これだけの領民がこれより始まる一大行事に注目されているかと」

「俺もびっくりしたよ」

「そこで、ヨシュア様に一言頂ければと愚考いたします」

「あ、うん。そうだね。さっきからみんなの視線を感じるし」

「お心遣い、痛み入ります。さっそく準備させていただきます」

すっと立ち上がったルンベルクが目配《めくば》せすると、いつの間に運び込んだのか知らないけど見慣れた演壇がすぐさま設置される。

空気を読んだ領民たちが、さああっと割れ俺から演壇までの道を開く。

わあ。花道だあ。

何て感動なんてすることもなく、ここまで大注目されてしまうとは……やらない方がよかったかなと思ったりしつつ演壇へ登った。

「諸君。カンパーランド辺境国の諸君。息災か」

集まった領民たちへ語りかけるように言葉を投げかける。

ワアアアアアア――。

それだけで、大歓声が響き渡りそこかしこで俺の名が叫ばれた。

しかし、右手をあげるだけで途端に水を打ったようにしーんと静まり返る。

「連日の頑張りに感謝の念を禁じ得ない。我々はついに橋を建築するところまでくることができた。完成までは困難な道となるだろう。しかし、諸君なら。我々カンパーランド辺境国の諸君ならば。どれほど高い山だろうと、易々《やすやす》と登ってしまうことだろうと信じている。我々はできる。そのための準備もした。あとは完成までをなぞるだけだ」

ここで言葉をきり、ゆっくりと周囲を見渡した後、大きく息を吸い込む。

「ここに宣言する。ルビコン水道橋及び、オラクル水道の建築開始を。上下水道の開通により、農業、商業、諸君の生活、全てが豊かになろう。領民一丸となり、邁進《まいしん》しようではないか！」

「辺境国万歳！」

「ヨシュア様万歳！」

「辺境伯万歳！」

「ヨシュア様ーー！」

万雷の拍手と怒号のような歓声が響き渡り、感激し落涙する人、その場で両膝《りょうひざ》をつき祈る人……。

みんな表現は様々だけど、前向きでやろうやろうという想《おも》いが感じ取れた。

ルンベルクはおなじみの白い絹のハンカチを目元にあて、涙が流れるままになっている。

ペンギンを抱えたエリーも目を真っ赤《まっか》にしていた。

アルルはぴょんぴょんと跳ねそうな感じで満面の笑みを浮かべている。

壇上を降り、真っ直《まっす》ぐガラムとトーレの元へ歩く。

「任せたぞ。ガラム、トーレ。ポールの協力も取り付けているから、彼も頼ってくれ」

「おう。心躍るわい。いよいよじゃな」

「お任せあれ。楽しみで楽しみで仕方ないですぞ。ですぞ。橋の中に水を通すなんてもう、考えただけでワクワクしますわい」

二人は口々に思いの丈を述べ、ガラムはどんと胸を叩《たた》き、トーレは柔らかな表情を浮かべつつも長い髭《ひげ》に手をあてていた。

二人とも少年のように目を輝かせ、これから始まる建築に心躍らせている様子。

「各家庭への水の引き込みは魔石を頼りたいところだけど、そいつは実験結果を待ってくれ」

「無くとも稼働するように、じゃろ」

「うん。各家庭の地下にまでは水を引き込む。そこから蛇口までは魔道具の力を借りたいなあってね」

「うむ。そちらはそちらで楽しみにしておるぞ！」

ガラム、ついでトーレとガッチリ握手を交わす。

彼らはさっそく橋の建築へと向かっていった。

「水道橋も楽しみじゃが、ボクらの方も楽しみじゃろ？」

いつの間にか両手を組んで後ろに立っていたセコイアがふふんと鼻を鳴らす。

「だな。俺たちは俺たちで準備を進めよう。さあ、結果の確認だ。エリー、ペンギンさんを降ろしてやってくれ」

「承知しました」

エリーが抱えたペンギンを地面に降ろしてやる。

地面に降り立ったペンギンは両フリッパーを上にあげ、よちよちと歩き始める。

『感動的だった。ヨシュアくんの演説には心動かされるね。しかし、私たちには私たちの役目がある。だろ？　ヨシュアくん』

『その通りだ。鍛冶場《かじ》に行こう』

「はやくー」と俺の手を引くセコイアへ苦笑しつつも、鍛冶場に向かう俺たちであった。

◇◇◇

アラクネーの布で包まれたバッテリーの蓋を慎重に開け、中からサンプルを取り出す。

ペンギンと俺だと魔法的なことの分析はできないから、ここから先はセコイア任せだ。

「……」

しかし、並べられたサンプルを前にセコイアは真ん丸の目を思いっきり見開いたまま声が出せないでいた。

並べられたサンプルは数を入れたかったため、どれも親指ほどの大きさしかない。

その分種類もあるからなあ。解析も大変なことに違いない。

「セコイア。無理しなくていい。一つだけでも、やれるところから」

「そこではない。ボクの魔法がどうこうは問題ではない。この数くらい、一瞬じゃ」

「そうか。ということは解析の結果に驚いていたのかな？」

「うむ。少しでも元魔石にマナが溜まっておればと思っておったのじゃが、こいつは予想外じゃぞ」

「ほう？」

「完全なる魔石になっておる。たった一晩で。それだけじゃあないのじゃ。それだけならば、絶句するほどじゃあなかったのじゃ。よいか」

セコイアがまくし立てるように言葉を続ける。

元魔石……つまりマナが枯渇してしまった魔石だった石は、マナが充填《じゅうてん》され魔石に戻った。

他にもマナを蓄積できるサンプルには全《すべ》てマナが充填されているというのだ。

川原《かわら》で拾った小石は魔石になった。

鉄はブルーメタルに。

だけど、マナが充填されたとはいえ完全に魔法金属に変わったわけじゃあないものもある。

銀はミスリルになるまでにはいかず、ミスリルになるのはまだまだ内包するマナの量が足りないらしい。

鉛や硝石なんかにもマナが充填されているみたいなんだけど、これも魔法金属へは変わっていない。

「きっと、うまくいったのは鉄の純度が高かったからだろうな。ほら、セコイアは言っていただろ。魔法金属は精錬せずとも純物質だって」

「うむ。なるほど、理屈は合うか……」

ネイサンの浄化、ペンギンの科学的な抽出を組み合わせれば、純度の高い物質を取り出すことも難しくはない。

『こいつは興味深いね。いろいろな物質で試してみたいところだ。物質によって魔法金属となるまでのマナ総量が異なるのだね』

『おそらく。魔法金属は通常金属に比べ希少だし。鉄や銀なら量を準備できる。つまり』

『ブルーメタルとミスリルは手軽に使うことができる物資となるわけだね』

こいつはやべえぞ！

革新的だ！

魔石の量産を行うだけじゃあなく、魔法金属の量産までできるようになるとは。

実験室でしか作り出せないような魔法金属もあるかもしれない。

夢が広がるなあ。

一大インフラ工事も始まった。魔石の供給にも目途がついた。

ここからオラクルの街は飛躍していくに違いない。

三年で引退し惰眠を貪《むさぼ》るという目標も現実味を帯びてきたぞ。

特別編一　庭のお手入れ

「よおっし、こんなもんだろ」

「これも」

ひゅーっと息を吐くバルトロに向け、アルルが両手で掴《つか》んだ苗木を上に掲げる。

「まだあったのか」

「うん。これで終わり」

「それは、チャノキか。ヨシュア様が喜ぶな！」

「うん。トーマスさんが」

「おお。ありがてえな。つっても紅茶が拝めるのはまだまだ先になるが、そこは仕方ねえ」

カラカラと笑うバルトロは、さっそくアルルから受け取った苗木を植え込む。

一年も経《た》てば、それなりの茶葉が収穫できるようになる見込みだ。

しかし、葉を収穫したからと言ってすぐに紅茶になるわけではない。

収穫後、発酵・熟成させなければ紅茶にはならないのだ。十分に発酵させねば、飲めたものではなくなってしまう。

バルトロたちはヨシュアから庭で作物を栽培する許可を得た。

当初どんな作物を育てるのかヨシュアとバルトロが相談するとしていたが、ヨシュアが多忙を極めていたため全てバルトロに一任されることになったのだ。

そこで彼はさっそく庭の一部を耕していたわけだったのだが……アルルとエリーも参加したいと申し出てきた。

対する彼はもろ手をあげて彼女らを迎え入れ今に至る。


「バルトロさん。これもお願いできますか？」

「……木ごと持ってきたのか」

さすがのバルトロであっても額からたらりと冷や汗が流れ落ちた。

というのは、澄ました顔でやってきたエリーが五メートルはあろうかという木そのものを手のひらに載せて持ってきたからだ。

しかも、片手で。

「グアバの木です。ちょうど台車で運ばれていたものを一つ譲っていただきました」

「お、おう。ここに穴を掘るから植えてもらえるか？」

「はい。お待ちいたします」

にこっと笑顔を見せるエリーであったが、彼女の頭上ではグアバの木が思いっきり自己主張していた。

そこで何かに気が付いたアルルが猫耳を揺らしエリーに語りかける。

「あ、実がついてる」

「そうなの。すぐに食べることができるのよ」

「へえ。食べていい？」

コクリと頷《うなず》くエリーに対し、満面の笑みを浮かべるアルル。

さっそくグアバの実を手に取ったアルルは、ごしごしと服の袖《そで》でグアバの実を拭《ふ》いてからかぷっと口をつけた。

「おいしいー」

「私も一つ」

エリーは空いた方の手を伸ばしグアバの実をむしり取る。

彼女にしては大胆にそのままグアバの実をかじり、ごくんと飲み込んだ。

「さわやかな味」

「うん」

二人顔を見合わせ「ねー」と頷き合う。

「ヨシュア様もそれ、気に入っていたよな。俺は酒にした方が好みだな」

口を挟むバルトロだったが、作業の手は止めていない。

彼はほいっと土を掘り返し、ちょんちょんと地面を指さす。

エリーがグアバの木の根を指示された場所に置き、バルトロが土を被《かぶ》せた。

「このグアバはお酒にせず、ジュースにしてヨシュア様に届けましょう」

「勿体《もったい》ない気もするが、そうだな。ヨシュア様は毎朝おいしそうに飲んでいたもんな」

エリーの発言にバルトロも同意する。

「エリー。アルル、あの甘いのも欲しいな」

「カンパーランドシロップ？　そうね。バルトロさん、カンパーランドカエデも植えていいでしょうか？」

「いいんじゃねえか。土地はまだまだ余っているからな！」

「ありがとうございます。これでお菓子作りも捗《はかど》ります！」

言うや否や走り出すエリーであった。

一時間も経たないうちに戻ってきた彼女の手には七メートルほどあるカンパーランドカエデの木があったのだという。

余談ではあるが、夕食にグアバジュースが復活しヨシュアはたいそう喜んでいたそうである。

特別編二　タピオカ作り

自分は今、生涯初めて料理なるものに挑戦しようとしているであります。

というのは、敬愛してやまないヨシュア様が「タピオカ」なるものを口にしていたからでありました。

毎朝お届けしている牛乳に変化をつけることができると思いまして……。

牛乳は素晴らしいものです。そこは疑う余地などありません。ですが、たまには違う味付けというのもよいものです。

「そこで、タピオカミルクティーです」

寝起きのヨシュア様が口にしていたことが気になり、彼に尋ねてみたのです。

世間知らずな自分とてミルクティーは知っていたのですが、タピオカなるものは聞いたことも無く。

博識なヨシュア様の情報によりますと、キャッサバから作ると聞きました。

キャッサバをただ粉にするわけではなく、キャッサバから取れるデンプン粉がタピオカの元になるタピオカ粉とのこと。

「自分一人では到底無理でした。しかし！　エリーさんにお聞きしたので完璧《かんぺき》です！」

丸いボールに入った白い粉――タピオカ粉を見つめ、エリーさんに心の中で再び感謝の言葉を述べました。

数日前――。

「キャッサバでデンプン粉を作ったことはありませんが、他と同じ手順で作ることができるはずです」

「本当でありますか！」

「はい。ちょうど毒抜きしたキャッサバがありますので、それで作りましょう」

「ありがとうございます！」

エリーさんがキャッサバを布でくるみ、大き目の桶《おけ》を持ってきてくれました。

「では、行きます」

そう告げた彼女は右手で軽く布を押さえます。すると、布から濁った水が落ち桶の中に溜《た》まっていきました。

自分もキャッサバと布を準備して力一杯握ってみましたが、エリーさんのようにはいきません。きっと何かコツのようなものがあるのでしょうね。勉強不足です。

エリーさんが手伝ってくれて僥倖《ぎょうこう》であります！

「この水を一晩おいておくと、デンプンと水に分離します」

「デンプンを乾燥させたものがデンプン粉……つまりタピオカ粉なのですね！」

「はい。その通りです」

エリーさんにお礼を言って、彼女が搾った分もいただきました。


こうして作ったタピオカ粉がここにあるのです！

「では。これを元にタピオカを作らせていただきます」

手を合わせ、よっしと気合を入れます。

タピオカ粉にお湯とカンパーランドシロップを混ぜ、パン作りの要領でこねるのでしたっけ。

さっそくやってみましょう。

コップにお湯を注ぎ、タピオカ粉の入ったボールにお湯を入れます。

「……お湯が足りないようですね」

粉が全然溶けてくれません。

ならばと、お湯を足していきます。

「……やはり全然溶けません」

お鍋《なべ》にボールの中身を入れてぐつぐつと煮ることにしました。きっと温度が足りないのです。

温めていくと、タピオカ粉がとけこねることができる状態になったのでした！

冷ましてから塊を、小さくちぎって丸めて……。

ヨシュア様の情報によるとタピオカミルクティーに入っているタピオカの大きさは小指の先ほどだと聞いております。

「これくらいでしょうか」

せっせとちぎって丸めてを繰り返し、五十個ほど完成しました。

これがタピオカパールなるもののはずです。

タピオカパールを茹《ゆ》でれば完成……ですよね？

茹でて、冷まして……。

「あとはミルクティーを作って、ヨシュア様にお持ちするだけであります！」

ここまで来れば安心です。

タピオカの入ったコップに紅茶を淹《い》れ、新鮮な牛乳を注ぎました。

さっそくヨシュア様にお持ちしましょう。この時間でしたらまだ起きてらっしゃるはずです。


コンコンとヨシュア様の居室の扉を叩《たた》きました。

「シャルロッテです」

「シャルか。入っていいよ」

ガチャリと扉を開け、親愛なるヨシュア様に向け敬礼。

「シャル。こんな時間にどうしたんだ？」

「仕事の件ではなく申し訳ありません！」

「いや、仕事じゃない方がいいかな……」

お優しいヨシュア様は仕事ではないというのに、怒ることもなく私の話を聞いてくださるとのこ

とでした。

　この機会を逃してはなりません。

「タピオカミルクティーを作ってみたのです。ご賞味いただけませんでしょうか？」

「え、本当に！　是非！」

　ヨシュア様が椅子から立ち上がり、いい笑顔を浮かべてくださいました。

　もうそれだけで自分、感動であります！

　さっそくお持ちして、ヨシュア様に飲んで頂いたところ……どうも彼の反応が芳しくありません……。

「も、もう少しタピオカが小さい方がいいかもしれない。でも、すごくおいしいよ！　ありがとう、シャル！」

「はい！」

　タピオカパールは水で茹でるとふやけて大きくなる。

　それは私も実体験で存じていたのですが、ヨシュア様がおっしゃった「小指の先」は茹でた後の大きさだったのでした。

　次は理想の大きさのタピオカパールを使ったタピオカミルクティーをお届けいたします。

　お待ちくださいい。ヨシュア様！

あとがき

『追放された転生公爵は、辺境でのんびりと畑を耕したかった』二巻を手に取っていただきありがとうございます。

みなさまの応援がありまして、二巻を出すことができました！　ありがとうございます。

いよいよヨシュアを支えるメインキャラクターが出そろってきました。

唐突に話が変わってしまうのですが、こんな私でも一応初期設定を作るんです。

その中にはキャラクター設定というものがありまして、二巻で登場するシャルロッテとペンギンの二人も含まれていました。

そうなんです。初期設定からこの二人はいたのですよ。

シャルロッテの方は、ルーデル公国とした時から運命的に出ることが決定しておりました。ルーデルといえば……からです。

あんべよしろう様が彼女をとっても素敵なイラストに仕上げてくださったので、「いいのか、この残念気味なキャラクターで」とそのまま行くのか少し悩みました。

しかし、「閣下」と追い立てるのが彼女の持ち味と思い直し、今に至ります。

一方のペンギンですが、単なるモブとして出てきて、まさかの再登場となりました。

どこで出すのかタイミングを計っていたら、あれよあれよと遅く。ですが、このタイミングがちょうどよかったのではと思っています。


……と二巻の振り返りはこの辺にしまして。

いよいよ、「追放された転生公爵」のコミカライズがはじまりました！　やった、バンザイ。

少年エースplusで連載中です！　作画は佐藤夕子《さとうゆうこ》様。

是非、一度お読みいただけたらと思います！


本作もまた多くの方の助けがあり、完成させることができました。

ウェブ版でご支援いただいた読者の方々。多くの為《ため》になるアイデアを頂き感謝感激です。

今回も素敵なイラストを描いてくださったあんべよしろう様。

そして、本作を二人三脚で作ってくださった編集さん。

本作を手に取りお読みいただいた読者様。

この場を借りてお礼申し上げます。

カドカワBOOKS

追放《ついほう》された転生公爵《てんせいこうしやく》は、辺境《へんきよう》でのんびりと畑《はたけ》を耕《たがや》したかった 2
～来《く》るなというのに領民《りようみん》が沢山《たくさん》来《く》るから内政《ないせい》無双《むそう》をすることに～

2021年 2 月10日　初版発行
2021年12月25日　再版発行

著者／うみ

発行者／青柳昌行

発行／株式会社KADOKAWA

〒102-8177
東京都千代田区富士見2-13-3
電話／0570-002-301（ナビダイヤル）

編集／カドカワBOOKS編集部

印刷所／暁印刷

製本所／本間製本

●お問い合わせ
https://www.kadokawa.co.jp/（「お問い合わせ」へお進みください）
※内容によっては、お答えできない場合があります。
※サポートは日本国内のみとさせていただきます。
※Japanese text only

Printed in Japan
ISBN 978-4-04-073972-4 C0093

新文芸宣言

かつて「知」と「美」は特権階級の所有物でした。

15世紀、グーテンベルクが発明した活版印刷技術は、特権階級から「知」と「美」を解放し、ルネサンスや宗教改革を導きました。市民革命や産業革命も、大衆に「知」と「美」が広まらなければ起こりえませんでした。人間は、本を読むことにより、自由と平等を獲得していったのです。

21世紀、インターネット技術により、第二の「知」と「美」の解放が起こりました。一部の選ばれた才能を持つ者だけが文章や絵、映像を発表できる時代は終わり、誰もがネット上で自己表現を出来る時代がやってきました。

UGC（ユーザージェネレイテッドコンテンツ）の波は、今世界を席巻しています。UGCから生まれた小説は、一般大衆からの批評を取り込みながら内容を充実させて行きます。受け手と送り手の情報の交換によって、UGCは量的な評価を獲得し、爆発的にその数を増やしているのです。

こうしたUGCから生まれた小説群を、私たちは「新文芸」と名付けました。

新文芸は、インターネットによる新しい「知」と「美」の形です。

2015年10月10日
井上伸一郎

コミカライズ
企画進行中！
自由に暮らしてるだけなのに、
最強村に大発展！
しかも
俺が村長！？
シリーズ好評発売中

無敵の万能要塞で快適スローライフをおくります
～フォートレス・ライフ～
鈴木竜一
ill. LLLthika
「洋裁職人」の適性職《ジョブ》診断を受け、聖騎隊を去ったトア。だが、廃棄された巨大要塞を見つけた時、真のジョブはこれを自在に改造できる、超便利な「要塞職人」だったことが判明する！　しかし、戦争なんて全然興味ないトアは、要塞をマイホームとして有効活用することに。最高級の家具を量産し、農地を拓き、風呂を造って快適ライフを満喫！　しているうちに、いつの間にやら脳筋エルフや伝説の人狼一族、救国の魔女など、最強の種族たちが次々と住み着いてきて……!?
カドカワBOOKS

ゲーム知識を使って、
らくらく
レベル上げ＆
スキルをゲット！
元・世界1位の
サブキャラ育成日記
～廃プレイヤー、異世界を攻略中！～
沢村治太郎
illust.まろ

「月刊少年エース」にて
コミカライズ
連載中!!
漫画:前田理想
カドカワBOOKS

勇者の孫の旅先チート
～最強の船に乗って商売したら
千の伝説ができました～
長野文三郎
ill かわく
旅のついでの
交易や魔物退治で、
大商会や騎士団の
度肝を抜いちゃった!?
カドカワBOOKS

STORY

異世界人を祖父に持つレニーには船の召喚という不思議な力があった。移動距離に応じて進化するその船は、少し旅するだけで規格外の魔導エンジンを積んだ大型船に成長！　貿易船や豪華客船として旅先で大活躍し――？

魔石グルメ
魔物の力を食べたオレは最強！

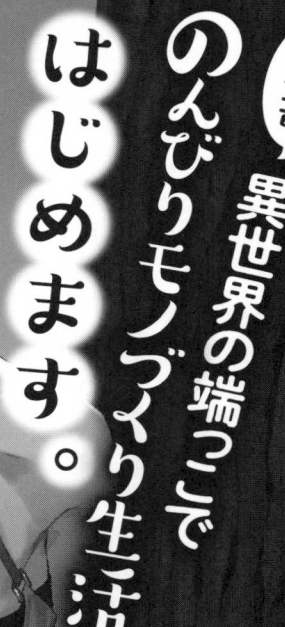

鍛冶屋ではじめる異世界スローライフ
シリーズ好評発売中!!
第4回カクヨムWeb小説コンテスト
異世界ファンタジー部門〈大賞〉

TVアニメ
2021年1月より
連続2クール
放送決定!!
生きて、
蜘蛛子ちゃん――!!
全ネットが応援した
衝撃の問題作!!
蜘蛛子の七転八倒
ダンジョンライフが
漫画で読める!?
角川コミックス・エースより
好評発売中!
蜘蛛ですが、なにか?
かかし朝浩
馬場翁
輝竜司
1
漫画:かかし朝浩
スピンオフコミックも
要チェック!!
蜘蛛ですが、なにか?
グラタン鳥
1
漫画:グラタン鳥
シリーズ累計
200万部
突破!!
※紙本と電子書籍の
合算数字となります。
2020年6月現在。
シリーズ好評発売中!!
蜘蛛ですが、なにか?